Andrea Kilz

Noch mehr Dorfkind - Erinnerungen

Im Trabi zum Kartoffeln stoppeln

Ein drittes Buch meiner Erinnerungen als Dorfkind in der DDR sollte es geben.
Nun ist es fertig und Sie können noch mehr erfahren aus meinem Leben.

Immer wieder kamen mir verschiedenste Dinge in den Sinn.
Dann brauchte es nur noch den Beginn.

An dieser Stelle möchte ich mich für die große Resonanz auf die ersten zwei Bände bedanken.
Sie half mir außerdem, Kraft und Inspiration für dieses Büchlein zu tanken.

Vielleicht ist es Ihnen bereits aufgefallen –
ich reime wieder in Kapiteln – doch nicht in allen.

Mögen Sie Freude am Lesen haben
und sich bestenfalls an eigenen schönen Erinnerungen erlaben.

Nochmals ein Dankeschön dem Leben
sowie meiner Familie, die mir diese Kindheit und Jugend hat gegeben.

Ich meine, am rechten Fleck zur rechten Zeit
bin ich geboren und halte nun weitere Lebenserinnerungen für Sie bereit.

Viel Spaß ☺

Andrea Kilz

Noch mehr
Dorfkind – Erinnerungen

Im Trabi zum Kartoffeln stoppeln

Bibliografische Information der Deutschen Nationalbibliothek:
Die Deutsche Nationalbibliothek verzeichnet diese Publikation in der Deutschen Nationalbibliografie; detaillierte bibliografische Daten sind im Internet über http://dnb.dnb.de abrufbar.

Illustration: **Andrea Kilz**

Herstellung und Verlag:
BoD – Books on Demand, Norderstedt

ISBN: 9783751981392

Inhalt

Wen ich immer wieder geschlagen habe 7

Wo wir im Winter klopften 8

Eine Hucke Kuchen 10

Wofür Pergamentpapier auch taugte 14

Tassen zum Sammeln 16

Chinesische Ware 18

Hingfong 19

Von der Beirette bis zur Moulinette 21

Wenn sich die Mütter an der Stange räkelten 25

90-60-90 27

Schamanismus in der DDR 29

Der fetzte 32

Knusper, knusper, knäuschen 33

Sieben würfeln 36

Omas Fettnäpfchen 39

Ball an die Wand 42

Mux-Mäuschen-still 44

Opas Stoppeln 48

Wenn die Hille verrutscht 50

Der Schatz meiner Großeltern 52

In Opas Nachttisch 57

Muttis Perücke 59

Ein Rücktritt war stets wirksam 60

Urlaub machen, das ist schön................................ 62

In der Not schmeckt die Wurst auch ohne Brot ... 66

Um zehn war Kuschelrunde 68

Was mein Heimatdorf auf seine Weise besonders machte... 70

Womit Oma und Opa hantierten............................. 73

Was macht ein Dorfkind aus?................................. 80

Eine Seite für Ihre Erinnerungen 82

Blick vom und aufs Dorf... 83

Ein Kessel Buntes 87

Bitte um Erlaubnis 95

Unser Weg 96

Das Dorfkind sagt Danke 102

Alles hat ein Ende … 105

Mein YouTube-Kanal 107

Was ich heute so tue 108

Ein Poesie-Album für Erwachsene 113

Wer mich heute kennt, traut mir das wahrscheinlich gar nicht zu.

Doch! Und ich will auch nicht unerwähnt lassen, dass ich von Oma weiß, wie es funktioniert.

Diesbezüglich war Ausdauer gefragt. Bei ein-, zwei-, dreimal tat sich nicht viel. Also hielt ich durch. Auf mein Ziel konzentriert, bewegte ich meinen Arm so lange auf und nieder, bis er steif war.

Dann sollte ich testen. Das heißt, ich musste ihn umdrehen. Wenn er nicht herunterfiel – also anhaftete – war es genug.

Als Hilfsmittel verwendete ich ein kleines Gerät. Dessen kurzer Griff war aus Holz, die daran befestigte Spirale aus Metall.

Diese Spirale war neben meiner Schlagkraft und Ausdauer entscheidend, ob der Eischnee fest wurde oder nicht. ☺

Ich hoffe, Sie haben zwischendrin nichts Schlimmes gedacht. ☺

Ja, tatsächlich schlugen wir den Eischnee mit der Hand steif. Wir verwendeten dafür keinen gewöhnlichen Schneebesen, sondern solchen, der spiralförmig von unten nach oben (zum Stiel) enger wird. Übrigens hat der Schneebesen seinen Namen vom Eischnee.

Ich behaupte, früher hatten wir mehr Schnee. Jetzt meine ich nicht den vom Eiweiß schlagen, sondern den, der bei winterlichen Temperaturen vom Himmel fällt.

Von den dreiwöchigen Winterferien und dem Schlittschuhlaufen habe ich im zweiten Band berichtet.

Bevor ich Ihnen erzähle, wo wir klopften, wenn viel Schnee gefallen war, noch etwas anderes: Wir hatten vom Küchenfenster aus unseren Hof voll im Blick.

Ich liebte den Anblick, wenn er – vor allem bei Anbruch des Tages – weiß verschneit war. Manchmal lagen die Bahnen, welche Opa frei geschoben hatte, ziemlich tief.

Er sorgte dafür, dass wir auf dem Weg zur Scheune oder vom Stall zum Keller nicht durch den Schnee stampfen brauchten.

Neben den Pfaden konnten Abdrücke von Struppis Pfötchen oder zarte Vogelfußspuren zu erkennen sein.

Zudem war es möglich, dass ein Areal im Schnee grau verschmutzt da lag. Dort hatten Oma oder Opa – sicher auch meine Eltern – geklopft.

Denken Sie jetzt bitte nicht, sie hätten am Schnee angeklopft, um eventuell kleine Schneemännchen herauszulocken. ☺

Nein. Dort war dann der Teppich ausgeklopft worden. Wahrscheinlich brauche ich nicht erklären, dass dabei der Teppich mit der Laufseite dem Schnee zugewandt lag, um auf der Rückseite ausgeklopft zu werden.

Bei dem Teppich handelte es sich meist um den aus der „guten Stube" und vielleicht dem Läufer aus dem Korridor.

Noch eine Anmerkung am Rande: Da ich ein braves Mädchen war, konnte ich auf die Erfahrung verzichten, wie sich ein Teppichklopfer auf meinem Allerwertesten anfühlt.

Nun wissen Sie, wie wir geschlagen haben und wo geklopft wurde. Aber da gibt es noch etwas zu berichten.

An besonderen Tagen wurde nämlich der Topf geschlagen. Nicht um zu vermelden, dass das Essen fertig ist oder die Gäste hereintreten dürfen.

Stattdessen, wenn man mit verbundenen Augen auf allen Vieren den Topf entdeckt hat. Zur Belohnung fand man darunter für gewöhnlich eine Süßigkeit.

Dieses Spiel war Tradition zu fast allen Kindergeburtstagsfeiern, die drinnen stattfanden.

An meinem achtzehnten Geburtstag frischten wir diese Erinnerung nochmals auf.

Jemanden huckepack nehmen – den Ausdruck verwenden wir heute noch.

Die Hucke voll bekommen, ist, so glaube ich, auch nicht fremd und nach wie vor im Sprachgebrauch.

Allerdings erinnere ich mich ebenso an die Hucke Kuchen.

Erinnern Sie sich? Wenn große Feierlichkeiten im Haus anstanden, wurde gebacken. Fleißig gebacken!

Ich habe heute noch das Gefühl, man backte mehr Kuchen zum Verschenken als für die eigentliche Feier.

Wenn es bei uns im Dorf eine Jugendweihe, Grüne, Silberne oder Goldene Hochzeit gab, überbrachten die meisten Haushalte ein Geschenk.

Dabei konnte es sich um Haushaltszubehör oder ein Geldgeschenk handeln. (Um sich zu merken, von wem man was erhalten hatte, führten einige Familien – wie auch heute noch – Buch.)

Für gewöhnlich wurde dieses Geschenk am Vortag überbracht. Gern übernahmen wir als Kinder oder Jugendliche solche Aufgaben, denn – wir kehrten nicht mit leeren Händen zurück. ☺

Nachdem man uns zur Haustür hereingelassen hatte, konnten wir in der Veranda oft schon Teller mit Süßigkeiten und Hefekuchen erblicken.

Bei dem Hefekuchen legten sich die Hausfrauen wie immer ins Zeug. Sie zauberten eine reichliche Vielfalt: begonnen bei leckerem Quarkkuchen, über Streusel-, Mohnkuchen und Bienenstich.

Dazu kamen „Obstbleche" wie Kirsch-, Stachelbeer- und Pflaumenkuchen. Wunderbare Eierschecke bedeckte diese oftmals.

(Sie werden nicht glauben, wie mir während des Schreibens das Wasser im Mund zusammenläuft!)

Nun feierten in einem Jahrgang häufig mehrere Jugendliche ihre Jugendweihe. In meiner Klasse waren wir innerhalb unseres Dorfes tatsächlich zu sechst.

Da können Sie sich vorstellen, wie groß die Ausbeute war. Ein Stückchen Kuchen verspeisten wir wahrscheinlich gleich auf der Hand. Bonbons, Pfeffis oder Schokolade verschwanden jedoch zusätzlich in der Tasche. ☺

Um zur Hucke Kuchen zurück zu kehren, erinnere ich mich daran, dass nach manchen Festen jedem Gast eine Hucke – ein Teller – voll Kuchen mitgegeben wurde.

Aus heutiger Sicht fast undenkbar, welchen Aufwand die Familien da betrieben. Doch Tradition ist eben Tradition.

Allein die Anzahl der Kuchenbleche beziehungsweise Kuchenbretter, die dafür gebraucht wurden, war immens.

Einen zweiten Herd nutzte Oma, glaube ich, in der sogenannten alten Küche (in der sie, wie im ersten Band beschrieben, die Klemmkuchen backte).

Außerdem vermag ich im Gedächtnis zu haben, dass wir bei großen Kuchen-Back-Aktionen teilweise Bleche zum Abbacken zum Bäcker brachten.

Übrigens wurde der Kuchen damals nicht in Tupper-Dosen verpackt, sondern eher auf ausgedienten Tellern. Zum Abdecken nutzten wir Pergamentpapier.

Mit ausgedientem Teller meine ich zum Beispiel solchen, der von einem zum Teil kaputt gegangenen Sammeltassen-Set stammt.

Bevor ich gleich noch mehr zum Thema Sammeltassen schreibe, will ich einen Nachtrag zu Omas Hefekuchen bringen.

Denn ich erinnere mich in diesem Moment, dass die Bleche, die wir hatten, nach vorn offen – also randlos – waren.

Backte Oma einen Kuchen, der weglaufen konnte, nutzte sie ein Blechstück zum Abschließen. Das war zum Beispiel bei Quarkkuchen der Fall.

Wohlbemerkt glaube ich nicht, dass der Quark weggelaufen wäre, jedoch über das Blech hinaus. ☺

Oma Hildes Hefeteig-Rezept finden Sie im ersten Band meiner Dorfkind-Erinnerungen. Auf der Seite 37 im Kapitel „Das rote Büchlein" habe ich meine Beobachtungen von Omas Hefeteig-Zubereitung niedergeschrieben.

Daneben sind im ersten Band einige Rezepte enthalten. Es handelt sich selbstverständlich nur um leckere Sachen. Solche eben, die ich gern mochte beziehungsweise noch immer mag.

Dazu zählen zum Beispiel Arme Ritter, Hirschhornkuchen und Quarkspitzen.

An dieser Stelle erlaube ich mir, Sie auf ein weiteres meiner Bücher hinzuweisen: „Lächelnd voller Energie mit TEDDY – Ein Buch für Groß und Klein auf dem Weg zum Glücklichsein."

Zwischen verschiedenen Anregungen fürs Leben, steht dort auf Seite 73 ein Brot-Rezept, dass ich seit über zwanzig Jahren – bevorzugt zu Grillpartys – aus Hefeteig backe.

(Ich habe ein Faible für Zahlen. So ist mir eben aufgefallen, dass die Hefeteig-Rezepte auf Seite 37 und 73 stehen … ☺.)

Wofür Pergamentpapier auch taugte

Ich glaube, ich habe immer von Pauschen und Pauschpapier gesprochen. Korrekt heißt es jedoch Pausen beziehungsweise Abpausen. Denn bei ersterem Wort denken Sie womöglich an Frühstücks- und Mittagspause.

Im Wörterbuch steht, dass Abpausen mit Pauspapier übertragen, bedeutet. Unser Pauspapier war, so meine ich, Brotpapier.

Denn Brotpapier war eine Art Transparentpapier. Nun stelle ich beim Schreiben und Recherchieren fest, dass wir das Brotpapier ja als Pergamentpapier bezeichneten.

Das hört sich auch edler und passender an. Ja, eine Zeit lang pauste ich viel ab. „Schuld" war, glaube ich, wieder mal mein Cousin Tilo. Denn durch ihn kam ich auf das Abpausen.

Gemeinsam pausten wir dann in den Ferien. Tilo war auf die Idee gekommen, Motive von Geburtstagskarten zu kopieren.

Woran ich mich dabei immer noch erinnere, ist ein Bild, auf dem ein Mann mit zerrissener oder geflickter Hose und einer Harke in der Hand steht.

Der Harken-Stiel war gebrochen und versetzt zusammengeschustert worden, besser gesagt gebunden.

Der Spruch zu diesem Bild lautete: Und dem Leben immer zeigen, was eine Harke ist.

Dieses Motiv habe ich etliche Male vervielfacht, weil ich es so gut fand.

Ich kann mich nicht mehr so recht erinnern, was wir alles abgepaust haben. Manchmal hatten wir – woher auch immer – Bilder von Figuren wie die Micky Maus (die war ja nicht in der DDR zu Haus). (Zwinkern)

Das Abpausen funktionierte am Tisch. Einfacher gelang es jedoch am Fenster. Und so standen wir – wie City es sang – am Fenster.

Wenn ich jetzt schon von Kunst, Kultur und Malerei schreibe, möchte ich unbedingt die Kunstwerke meiner Mutter und ihrer Schwestern erwähnen.

Was ich nicht mehr weiß, ist, ob wir im Fach Kunsterziehung (Heute lasse ich mir das Wort Kunsterziehung zum ersten Mal auf der Zunge zergehen.) mit dem Zirkel gezeichnet haben.

Auf jeden Fall erinnere ich mich an eine Sammelmappe, die aus der Schulzeit meiner Mutter stammt. Und in dieser befinden sich herrliche Zirkelzeichnungen. Diese Mandala - Sammlung existiert immer noch.

Was ich an den Bildern so schön finde, ist, dass sie mit Buntstift ausgemalt sind.

Bei dem Zeichenlehrer handelt es sich übrigens um Walter Winkler, von dem unser Flämingslied stammt. Er unterrichte zu seiner Zeit auch Deutsch, Geschichte und Erdkunde.

Im vorhergehenden Kapitel erwähnte ich die Sammeltassen.

Ja, das waren noch Zeiten. Allerdings habe ich das Gefühl, sie sind wieder im Kommen. Jetzt schmunzeln Sie vielleicht.

Doch mal ehrlich: wie stolz waren wir auf unsere Sammeltassen. Die erste Sammeltasse bekam man wahrscheinlich spätestens zur Jugendweihe geschenkt!

Meine Jugendweihe liegt inzwischen auch einige Monde (Zwinkern) zurück. Aber meine Mutter kann auf Anhieb sagen, welche Tassen meine sind. Ich weiß es allerdings auch!

Neulich beim Kaffeetisch decken, wies mich Tante Ingrid sogar auf eine Sammeltasse hin, die mein Vater geschenkt bekommen hat. (Nur, dass Papa sich nicht recht erinnerte. Einem Mann sei das verziehen oder?)

Wenn ein Unwissender von Sammeltassen hört oder liest, denkt er womöglich an einzelne Tassen. Wichtig zu ergänzen wäre dann vielleicht, dass es sich um ein Set – bestehend aus Tasse, Untertasse und Kuchenteller – handelt.

Nun ja, und diese Tassen gab es in den verschiedensten Designs. Wurde die Kaffeetafel eingedeckt, war das ein schönes buntes Allerlei. Auf einer rein weißen oder eierschalenfarbenen Tischdecke setzten die unterschiedlichen Muster der Tassen den passenden Akzent.

Waren die Tassen, besser gesagt, die Teller nach dem Abwaschen (Geschirrspüler sind doch eine Erfindung aus der Neuzeit oder befanden sich unterm Tisch: siehe Seite 48 im ersten Band.) ordentlich sortiert, ging das Tisch decken flink von der Hand.

Wehe dem, wir mussten aus dem bunten Allerlei immer erst Tasse, Teller und Untertasse zusammensuchen. Das konnte vor allem anstrengend werden, wenn es sich um einen ziemlich ähnlich aussehenden zarten Blütendekor handelte.

Doch nicht alle Tassen trugen Blümchen. Ich mag noch heute die mit breitem Goldrand und dann in Blau-, Grün-, Gelb-, Rot- oder Violett-Tönen. Dabei war die Tasse außen weiß und die Farbe des Dekors innen.

Nun denke ich nochmal an meine Jugendweihegeschenke zurück. Zu diesem Anlass wurde auch die erste Aussteuer geschenkt: neben Stofftaschentüchern – teilweise umhäkelt –, Bettwäsche als auch Handtücher.

Auch habe ich bereits früher das rosa Taschentuch-Täschchen mit Spitze angeführt.

Eine Anmerkung noch zu den Tassen. Unabhängig von den Sammeltassen existierten Kaffee-Service. Mir gefällt, dass dazu unter anderem eine passende Kaffeekanne gehörte.

Bei Unterhaltungen während der Entstehung dieses Buches, waren wir uns nicht sicher, ob die chinesischen Handtücher tatsächlich aus China oder nicht sogar aus Vietnam kamen.

Also schaute ich in meinem Schrank nach. Ich habe viele Jahre nach dem Ende der DDR noch chinesische Handtücher erhalten.

Teilweise wurden sie mir für die Praxis vermacht. Denn die kleinen Handtücher haben eine ideale Größe, um sie zum Abdecken des Kopfteils – besser gesagt, dem Umranden des Nasenschlitzes – zu benutzen.

Zu meiner Recherche im heimischen Schrank: Zuerst bin ich auf ein kleines Handtuch von VEB FROTTANA gestoßen. Dieses ist etwas schmaler als das darauf entdeckte vermeintlich Chinesische. Um es genau zu sagen: drei Zentimeter.

Allerdings vermag ich an den vier aufgedruckten Zeichen nicht das Herkunftsland zu erkennen.

Meine Recherchen im Internet bestätigen die Annahme, dass wir auch Handtücher aus Vietnam importierten. Bei *eBay* finden Sie Handtücher mit der Etikett-Aufschrift „hergestellt in Vietnam".

Hingfong

Im ersten Band meiner Erinnerungen
schrieb ich von Heilerde und *Pykaryl*,
doch Heilmittel existierten damals schon recht
viel.

Ich habe Omas heiße Kartoffeln erwähnt,
mit denen sie manchen Schmerz gezähmt.
Auch *Rheubalmin* kam in die Badewanne,
nicht nur Fichtennadeln von der Tanne.

Neben *Pulmotin* und *Tussidermil*
gab es selbst zum Einreiben viel.
Mit *Vitadral* hingegen wurde gegurgelt
und sozusagen der raue Hals wieder glatt
geschmurgelt.

Eine ölige Substanz, die man in warmes Wasser tropfte,
wenn der Hals brannte und nach langem Re-
den um Hilfe klopfte.
Mancher besaß *Emser Pastillen*
und konnte damit Heiserkeit oder Halsweh
stillen.

Wenn der Magen spielte verrückt,
wurden *Dreierlei-Tropfen* auf ein Löffelchen
gedrückt.

Auch *Hingfong-Tropfen* hatten ähnliche Wirkung
und brachten die Verdauungsorgane wieder in Schwung.

Opa Erich liebte *Fagusan-Hustensaft*,
ich habe es bei dem intensiven Geruch ganz
schnell aus dem Raum geschafft.
Hustete ich als Kind,
schluckte ich einen weißen Sirup geschwind.

Den sollten die Mütter auf einem Plastiklöffel servieren,
so konnte er seine Wirkung nicht reduzieren.
Jedenfalls war sein Geschmack recht fein
niedlich dazu das silberweiße Löffelein.

Bei Aufregung empfahl Oma ein paar Tropfen Baldrian,
mit denen ließ man weniger nervös machende
Gedanken an sich heran
und kam zudem schneller in süßen Träumen an.

In späteren Kapiteln erwähne ich noch mehr,
obwohl hier schon Platz dafür wär'.

Von der Beirette bis zur Moulinette

Im zweiten Band habe ich bereits ge-
dichtet. Wie Sie vielleicht bemerkt, habe ich darauf auch in diesem Büchlein
nicht verzichtet.

Hier soll es um Produkt-Marken aus meinen
Erinnerungen gehen.
Vielleicht sagen Sie auch: „Ach ja." Wollen wir
mal sehen.

Bei *Fit* kommen Sie sicher mit!
Haben Sie *Mifa* und *Diamant* auch erkannt?

Wer nicht Fahrrad fahren wollte, stieg vielleicht aufs *Simson*–Moped um.
Das war gar nicht so dumm.

Ich stieg zu Kindergartenzeiten morgens in
den *Barkas* ein.
Ach, das war fein.

Noch heute nehme ich den Klang, seinen Geruch und die für mich großen Sitze wahr.
So wurden wir abgeholt und heimgefahren -
wunderbar.

Fuhrst Du Bus, handelte es sich dabei womöglich um einen *Ikarus.*

Vom Fotoapparat *Beirette* nun zur Zigarette:
Karo, *Club* und *Cabinet*
als auch *Juwel*, *Semper* und *Duett*.

Wer es geschafft hatte, vom Glimmstängel wegzukommen,
hat dann vielleicht von *Zettis* Süßwaren zugenommen.

Die ein oder andere Hausfrau besaß einen fleißigen Helfer – den *Multiboy*.
Mancher Hausfraus ist er tatsächlich bis heute treu.

Wir konnten *Combo* (Kakao) trinken
oder in den Rhythmen einer Musik-Combo versinken.

Ruhla-Uhren schmückten unseren Arm,
Regulax-Abführwürfel sorgten für eine gesteigerte Aktivität im Darm.

Mit *ORWO*-Filmen hielten wir das Leben fest.
Ein paar Gläschen *Goldkrone* dazu gaben uns den Rest. ☺

Für Autoreifen sorgte das Unternehmen *Pneumant*.

Um die entsprechende Rechnung zu unter-
zeichnen, half ein Schreibgerät von *Markant.*
Als universal galt *Duosan Rapid,*
der klebte alles, was einem war beliebt.

Dafür sorgte ebenso *Kittifix.*
Doch bei manchem Scherbenhaufen half nix.

Jenaer Glas indes war deutlich stabil – ob kalt
oder heiß -
feuerfeste Auflaufformen bringen den Beweis.

Mutti rührte in einer Jenaer Glas-Form ihren
leckeren Schokoguss.
Der war bei manchem Kuchen einfach ein
Muss.

Ein weiteres Muss bei der Hausarbeit war für
Muttis und Oma die Kittelschürze.
Der Dederon-Stoff mit seinem Muster gab ihr
die Würze. (Der Schürze ☺!)

Doch ganz im Ernst – so schlecht war die
Schürze nicht!
In den Taschen konnten Schlüssel und Ta-
schentuch verschwinden und sie hatte ein Fe-
dergewicht.

Anders verhielt es sich mit *Malimo* –
Auf solchen Laken schliefen wir und so.

Bei *Präsent 20* müssen Sie vermutlich lachen
und aus *Wolpryla* bestanden etwas kuschligere
Sachen.

Zum Abschluss möchte ich noch ein paar Dinge
sagen,
die zu unserem Wohl haben beigetragen:

Ein Diamant war der Trabant.

Wenn auch nach langer Wartezeit
hat den Besitz dann niemand bereut.

Nicht zu vergessen ein Chromat –
unser Farbfernseh-Apparat.

Wo kam Papas *Bebo Sher* eigentlich her?
Aus Berlin vom VEB Bergmann-Borsig kam
der.

Schallplatten-Hersteller *Litera* brachte den
braven Soldaten Schwejk
als auch Gebrüder Grimms Märchen und
Hurvinek und Spejbl auf den Weg.

Frank Schöbels „Weihnachten in Familie" kam
von *Amiga*
Sowie „Jetzt kommt die Süße", worauf Helga
Hahnemann dicke da.

Wenn sich die Mütter an der Stange räkelten

War das damals ein Akt, wenn die Gardinen gewaschen wurden. Wie die Frauen sich dabei mühen mussten. Anfangs hingen bei uns kurze Gardinen. Die gingen bis zum Fensterbrett. Das heißt, die gusseisernen Heizkörper blieben unbedeckt.

Später kam es in Mode, lange Stores vor die Fenster zu hängen. Sie gingen bis fast zum Boden. Das sah schick aus und gleichzeitig verhüllten sie die robustenrobusten Heizkörper.

Ich erinnere mich daran, wie sich die Aufhänge-Konstruktionen für die Gardinen veränderten. Außerdem wurden mit der Zeit die einfachen Gardinenstangen verkleidet.

Verkleidet im wahrsten Sinne des Wortes, denn sie bekamen Stoff übergezogen. Dafür verwendete man meist den Stoff, aus dem auch die Übergardine bestand.

Was ich nicht weiß, ob es sich bereits um Vorhang-Schienen handelte, an den der oft geraffte Stoff befestigt wurde.

Ja und viele Frauen nicken jetzt vielleicht seufzend, wenn ich schreibe, welch ein herausfordernder Akt nach dem Waschen das Gardinen aufhängen war. Dazu kommt, dass die Gardinen meist nur leicht geschleudert und dann gleich feucht aufgehängt wurden. So hingen sie sich an Ort und Stelle in Form.

Erinnern Sie sich an die Gardinenhaken von früher? Dabei handelte es sich um Klips beziehungsweise Klammern. Die Klipse waren entweder an einem Ring, oder es befanden sich am Ring der Gardinenklammer zusätzlich zwei kleine Rollen.

Jedenfalls musste die Gardine beim Aufhängen wieder an jeden einzelnen Haken geknipst werden. Das war anstrengend, denn man legte sich die Gardine über einen Arm und fummelte dann mit einer oder beiden Händen.

Wie schön, wenn mancher Ehemann seiner Gattin dabei unter die Arme griff. Nicht im direkten Sinn, dennoch indem er ihr die Arbeit abnahm.

Handelte es sich dann noch um lange Vorhänge, waren alle Beteiligten besonders erleichtert, wenn der Kraftakt als erledigt galt.

Jetzt kommt mir gerade in den Sinn, dass es damals eine weitere Gardinenstange gab. Nämlich noch die, mit der die Gardinen auf- und zugezogen wurden.

An dieser Stelle korrigiere ich. Diese weitere Gardinenstange, von der ich eben schrieb, heißt korrekt Schleuderstange.

Nun können Sie sich vorstellen, wie wir die Gardinen auf- und zuschleuderten. (Zwinkern)

Neunzig - sechzig - neunzig ... Woran denken Sie, wenn Sie das lesen? Vermutlich schweifen Ihre Gedanken zu den sogenannten Idealmaßen der Frau.

Wenn es ideale Körpermaße für weibliche Models gibt, existieren dann solche auch für den Herrn? (Nachdenken)

Ich habe, wie man das heute so macht, gleich mal gegoogelt: die Idealmaße für den Herren lauten hundert – achtzig – hundert. Nun wissen Sie Bescheid. Doch vielleicht wussten Sie das bereits vorher.

Nun können wir darüber streiten, ob wir dem Traumkörper der Gesellschaft entsprechen müssen. Dazu eine Anmerkung am Rande, die weniger mit meinen Erinnerungen von damals zu tun hat.

Allerdings gehören zur Erinnerung an die Pubertät auch verschiedentliches Hadern mit Figur und Körperbau.

Meine Anmerkung ist eine Film-Empfehlung für Sie. „Embrace – Du bist schön" ist der Titel des Filmes.

Er lohnt sich wirklich! Es gibt ihn inzwischen auf DVD und – soweit ich weiß – in deutscher Version.

Worauf ich allerdings mit den Angaben 90-60-90 hinauswill?

Ich spiele dabei auf leere Kassetten an. Erinnern Sie sich noch, wie teuer eine Kassette war?

Dabei handelte es sich um eine unbespielte. Wir wollten ja darauf entweder etwas vom Radio aufnehmen oder von einer zur anderen Magnetbandkassette überspielen.

Letzteres gelang jedoch nur per Kabel zwischen zwei Rekordern oder mit einem Doppelkassettendeck. Das war mein ganzer Stolz und eine Riesenüberraschung, die mir meine Eltern nach dem Schulabschluss 1990 machten.

Ich spüre jetzt noch das Glück, das ich dabei empfand. Das war der Hammer!

Für eine leere *K60* von der Firma *ORWO* bezahlten wir damals zwanzig Mark, für eine *K90* siebenundzwanzig. Später kamen wir sogar an BASF-Kassetten.

Mir brachte die Zusammenkunft mit einer Ferien(spiel)freundin Kassettenglück. Wenn ich mich recht erinnerte, kam ihr Vater durch seine Arbeit an Kassetten zweiter oder dritter Wahl, die deutlich weniger kosteten.

Oder ob ich sie sogar umsonst erhielt? Ich weiß es nicht mehr, aber freute mich sehr!

Noch eine Sache zu den Kassetten: Das Kassettenband verheddderte sich manchmal. Mit gutem Händchen blieb es beim Zurückspulen per Hand unversehrt.

Schamanismus in der DDR

Im Schamanismus macht man zum Beispiel schamanische (Traum-)Reisen. Auf einer solchen Reise entdeckte ich eines meiner Krafttiere – und zwar ein Wisent.

Warum erzähle ich Ihnen das? Finden Sie eine Verbindung zwischen einem Wisent und Erinnerungen aus DDR-Zeiten?

Sicherlich bekam man Wisente im Berliner Tierpark zu sehen. Denn sie waren auf Briefmarken des Berliner Tierparks abgebildet.

In Papas Karl May Büchern hätte ich vielleicht auch von Wisenten und Bisons lesen können.

Doch nun will ich auf den Punkt kommen. Ich meine die Wisent-Jeans. Allerdings hatte es ein weiteres Tier geschafft, auf dem Jeans-Label am Allerwertesten getragen zu werden – nämlich der Boxer.

Interessanter Weise erblickten sie, wie ich, 1974 die Welt der Deutschen Demokratischen Republik.

Waren damals die Hosenbeine zu lang, wurden sie nach innen umgelegt und so gekürzt. Später kam in Mode, die Jeans nach außen umzukrempeln.

Das sah fesch(er) aus. Zumal beim Umnähen nach innen der originale Hosenbeinsaum verschwand.

Manche Jeans war mit Nieten besetzt. Erinnern Sie sich, dass zu den Jeans Niet- beziehungsweise Nietenhose gesagt wurde?

In der Generation meiner Eltern ist das Wort Niethose weiterhin im Sprachgebrauch vertreten. Damit will ich sagen, dass Ihnen das Wort Niethose durchaus noch zu Ohren oder über die Lippen kommen kann.

Beiläufig erwähnt soll sein, dass meine erste stone washed Jeans eine Herren-Hose war. Ich musste mich nämlich daran gewöhnen, den Knopf „andersherum" zu schließen.

Einem Kollegen meines Vaters passte sie nicht, dafür aber mir. Wie schön, dass er auf die Idee kam, sie uns anzubieten.

Ende der achtziger Jahre hatte ich das Glück, in Berlin pinke und neongrüne Schnürsenkel als auch einen Reißverschluss aus beiden Farben kaufen zu können.

Sie können sich nicht vorstellen, wie fetzig ich das fand. Die Schnürsenkel kamen in meine Turnschuhe, auf die ich nebenbei bemerkt auch stolz war.

Da hatten wir wohl mal Glück, zum richtigen Zeitpunkt in die *SpoWa* zu kommen, um schicke Turnschuhe ergattern zu können.

Zum einen waren es Leder-Turnschuhe, zum anderen hatten sie eine sportliche und moderne Sohle. Sie besaßen eine schöne schmale Form. Außerdem hatte die Sohle seitlich innen und außen eine Nut.

Obwohl ich die Schuhe wirklich verehrte, konnte ich es nicht lassen, in diese Nut meine Lieblings-Bands zu schreiben.

Nochmal zurück zur *SpoWa*: Das Wort habe ich schon ewig nicht benutzt. Es kam mir erst in diesem Zusammenhang wieder in den Sinn.

Der Laden, in dem wir Sportartikeln kauften, den nannten wir *SpoWa*. Die Abkürzung *SpoWa* steht für mehrere Varianten: Sport- und Wanderartikel, Sportwaren, Sportartikel-Warenhaus.

Wenn unter Ihnen eine ehemalige *SpoWa*-Verkäuferin sein sollte, lassen Sie mich gern wissen, was *SpoWa* für Sie heißt. Vielen Dank vorab.

Nun nochmal zum oben genannten pink-neongrünen Reißverschluss. Zu dieser Zeit – es muss nach meiner Jugendweihe gewesen sein – besaß ich ebenfalls eine schmucke Jeansjacke.

Die ging bis über den Allerwertesten und war für die damalige Zeit modisch geschnitten. Mit dem coolen Reißverschluss wusste ich nichts Besseres zu tun, als ihn schräg auf den Rücken dieser Jeansjacke zu nähen.

Ich staune selber …

Fetzt scheint mir ein Wort „von damals" zu sein. Meine Cousins Henrik und Holger benutzten es häufig, soweit ich mich erinnere. Im vorherigen Kapitel habe ich bereits die Wörter fetzt und fesch verwendet.

Nun sollen Sie erfahren, was ich noch fetzig fand: den *Fetzer*! Haben Sie ihn vor Augen? *Fetzer* hieß ein Schokoriegel, der in Zeitz beim Unternehmen *Zetti* produziert wurde.

Bei meinen Recherchen für dieses Buch habe ich entdeckt, dass es heute noch *Fetzer*-Riegelchen gibt. Sie sind in den Ossiläden erhältlich.

Neben dem *Fetzer*, gab es einen Riegel mit dem Namen *Joker*.

Was fetzte eigentlich damals noch? Mir fallen da Glitzersteine ein. Wissen Sie, welche ich meine?

Die einzelnen kleinen, die wir uns an die Sachen – meist Pullover – machten. Ich sehe gerade wie damals die winzige Halterung aus Metall, die wir von innen in das Kleidungsstück drückten.

Von vorn beziehungsweise außen kam als Gegenstück der Glitzer- oder Strass-Stein. Den drückten wir in die metallene Fassung.

Ein zugezogener Mitschüler hatte solche Steinchen im Angebot (woher auch immer).

Knusper, knusper, knäuschen

Knusper, knusper, knäuschen, wer knuspert an meinem Häuschen, heißt es im Märchen von Hänsel und Gretel.

In diesem Moment stehen die Geschwisterkinder vor dem Haus aus Lebkuchen. Hier in diesem dritten Band meiner Erinnerungen als Dorfkind in der DDR möchte ich endlich Tante Liesbeth erwähnen.

Tante Liesbeth bringe ich stets mit Pfefferkuchen in Verbindung. Kam ich zu ihr ins Wohnzimmer, fiel mein Blick zunächst auf ihre Porzellanpuppe.

Zur Winterzeit war eine große dunkle Blechkiste ein besonderer Blickfang. Diese Kiste war – wenn befüllt – wie eine Schatzkiste für mich.

Darin bewahrte Tante Liesbeth ihre selbstgebackenen Pfefferkuchen auf. Die schmeckten lecker. Sie waren mit Zitronenglasur und Schokoladenguss bedeckt und mit Hasel-, Walnüssen oder bunten Zuckerstreuseln verziert. Wie gern würde ich jetzt so einen Pfefferkuchen essen. Mmmmhhhh.

Doch es blieb nicht allein bei diesen Pfefferkuchen. Nein. Tante Liesbeth fertigte mir einige Jahre ein Pfefferkuchenhaus. Das bekam ich von ihr zu Weihnachten geschenkt.

(Ich flüstere jetzt beim Schreiben:) Ich will ehrlich sein. Natürlich war das Pfefferkuchenhaus toll. Es sah schön aus, war mit Zuckerguss und anderem Süßen überzogen, doch die größte Freude waren für mich die leckeren Haribos am Haus.

Die vernaschte ich zuerst – wenn auch nicht gleich am Heiligabend. Ich wartete bis nach Weihnachten, aber dann. Ansonsten wären sie unnötig hart geworden. (Zwinkern)

Das waren am Ende Dach und Hauswand. Denn ich ließ das Haus den ganzen Winter in einem offenen Teil meiner Anbauwand stehen, weil es so gut aussah.

Tante Liesbeth hatte sicher so manchen Schatz in ihren Schränken als auch auf dem Dachboden. Dabei meine ich jetzt nicht unbedingt Schmuck oder Goldstücke.

Doch Goldstücke müssen ja nicht immer Taler sein. Ich will weiter ausholen. In einem Urlaub an der Ostsee lernten wir eine nette Familie kennen. Es könnte 1986 gewesen sein.

(An späterer Stelle lesen Sie, dass ich fast richtig lag, denn es war ein Jahr eher – 1985.)

Wir trafen uns fast täglich am Strand. Vielleicht, weil die von uns gemieteten Strandkörbe für diese Zeit nebeneinanderstanden. Es spielt auch keine Rolle. Jedoch spielten wir miteinander, nämlich Karten.

Die Tochter dieser Familie war etwas älter als ich. Sie war sympathisch und schön. Außerdem trug sie an manchem Tag ein schönes Kleid. Als wir sie darauf ansprachen, schmunzelten sie und ihre Mutter.

Dann erzählten sie uns, dass dieses hübsche hellblaue Kleid mit Spitze ein eingefärbtes altes Nachthemd sei.

Daraufhin überlegten wir, wer in unserer Familie noch alte und gleichzeitig gut erhaltene Leinen(Nacht)-Hemden besitzt.

Da kam uns die Tante Liesbeth in den Sinn.

Dorfkind

Andrea Kilz

Zu Weihnachten gibt es wahrscheinlich in den Familien unterschiedliche Traditionen. Das soll auch so sein.

Jeder soll das Fest der Liebe so gestalten, wie es vielleicht schon über Generationen getan wird.

So wird es Traditionen geben, die unverändert fortgeführt werden, als auch solche, die sozusagen modernisiert wurden.

Beim Weihnachtsbaum fängt es wohl an. Er hat seinen festen Platz zum Weihnachtsfest. Und gleichzeitig unterliegt er Veränderung. Zum Beispiel wird er heutzutage anders geschmückt.

Die Kugeln verändern sich, das gute alte Lametta hat teilweise ausgedient und die Weihnachtsbaumspitze hat von Familie zu Familie auch verschiedenen Stellenwert.

Heute kaufen wir die schönsten Bäume. Ich kann mich an einige frühere Weihnachtsbäume erinnern, die erst aufgehübscht wurden. Papa oder Opa bohrten dafür Löcher in den Stamm und setzten Zweige ein, damit die Kiefer am Ende ein schönes Kleid trug.

In meiner Kindheit wurde das Bäumchen am Vorabend des 24sten Dezember angeputzt und nur kurz getestet, ob die Lichterkette funktioniert.

Am Heiligabend beziehungsweise -nachmittag durfte es dann leuchten und die Stube erstrahlen lassen.

In einem vorherigen Band hatte ich erwähnt, dass Papa kurz vor Heiligabend als Elektriker sehr gefragt war. Denn wer probiert schon rechtzeitig oder eine Woche vorher, ob die Weihnachtsbaumbeleuchtung intakt ist?

Meine Eltern erwähnen zu Weihnachten manchmal, dass in ihrer Kindheit der Christbaum ehrwürdig am Tag des Heiligabends hergerichtet wurde.

Bei uns war Weihnachten immer volles Haus. Am Heiligabend saßen die zwei Omas und Opas sowie die „Pfefferkuchenhaus-Tante" nebst Onkel und Tante Ingrid mit uns am Tisch.

Ab dem ersten Feiertag reisten meine Cousins und ihre Eltern an. Für die Frauen bedeutete das unter anderem viel Küchenarbeit.

Denn wir wurden zu sämtlichen Mahlzeiten fabelhaft beköstigt. Ich weiß gar nicht, ob die Frauen überhaupt mal richtig zum Sitzen kamen.

Naja, irgendwann am Abend, (bevor der ein oder andere zu später Stunde nochmals Appetit bekam), denn da wurde gewürfelt.

Eine Tradition bei uns war nämlich das „Sieben würfeln". Und da würfelte auch Oma mit. Das weiß ich recht sicher, weil ich mich erinnere, dass Oma gern ein Gläschen Eierlikör erwürfelte.

Wissen Sie, wie das Sieben würfeln funktioniert? Bei uns wurde es folgendermaßen gespielt:

In der Mitte des Tisches – die Tafel war lang – reihten wir kleine Leckereien auf. Dazu gehörten Dominosteine, Apfelsinenstücke, Schokolade, Marzipan uuuund vereinzelt Gläschen mit Eierlikör.

Damals hatten die Omas Eierlikör-Schalen. Aus denen ließ sich auch das letzte Tröpfchen des Likörs gut ausschlecken. ☺

Zurück zum Spiel.

Der Reihe nach würfelte jeder mit zwei Zahlen-Würfeln. Wer eine Sieben gewürfelt hatte, durfte sich etwas von der Tischmitte nehmen, und zwar das, was dran war.

Das heißt, wir durften uns nicht einfach etwas aus der Reihe heraussuchen.

Es machte Jung und Alt Spaß. Vielleicht füllten wir manchmal auch nach, damit das Sieben würfeln nicht zu Ende war.

(Die sieben ist eine „magische" Zahl. Es gibt die sieben Weltwunder, sieben Zwerge als auch Geißlein. Die Woche hat sieben Tage. Man spricht von sieben Todsünden, sieben Jahren Pech, dem Siebenschläfer und sagt ein Buch mit sieben Siegeln.)

Omas Fettnäpfchen

Ob Oma oft in Fettnäpfchen getreten ist, weiß ich gar nicht. Doch was ich weiß, ist, dass Oma zur Winterzeit nicht nur im Kühlschrank ein Schüsselchen mit leckerem Griebenschmalz zu stehen hatte.

In der Kammer stand nämlich auf dem Fußboden oder dem Regal ein Topf. Dieser schmale hohe Tontopf war mit Schweineschmalz gefüllt. Bei uns wurde wie in vielen Haushalten im Winter ein Schwein aus hauseigener Haltung geschlachtet.

Daher stammte das Fett. Wofür dieses Schweineschmalz alles verwendet wurde, kann ich nicht sagen.

Aber an eine Anwendung erinnere ich mich gut. In unserer Familie wurde das sogenannte Weißfett für verschiedene Heilzwecke genutzt.

Auf jeden Fall empfahl es Oma, wenn jemand an einer Griebe am Mund litt. Das kam gar nicht so selten vor.

Aus heutiger Sicht vielleicht unvorstellbar, schickte uns Oma auch bei einer Wunde zum Fett-Topf. Dabei war egal, ob es sich um eine Schnitt- oder Brandwunde handelte.

Wir machten dann etwas von dem Fett und ein Pflaster drauf. Weil ich gerade vom Pflaster schreibe, denke ich an unser gutes *Gothaplast*.

Bei uns zuhause lagerte es in einem Schubfach in der Küche und anbei gleich die große Schere. Denn das Pflaster schnitten wir aus größeren Stücken je nach Bedarf breit oderschmal zu.

Beim Schreiben komme ich manches Mal von einem Thema zum nächsten Gedanken. So auch jetzt, denn beim Pflaster in der Küche, fällt mir noch etwas ein, was dort griffbereit war.

Ich meine Kerzen und Streichhölzer. Früher kam es häufiger zu einem Stromausfall. Geschah das während der Dunkelheit, konnten wir zielsicher zu einem Schrank gehen, in dem sich im unteren Fach Kerzen und Streichhölzer befanden.

An der Kellertreppe war, glaube ich, immer eine funktionierende Taschenlampe zu finden. Und wieder machen meine Gedanken Sprünge. Zu den Streichhölzern will ich noch sagen, dass stets eine Schachtel zwischen Elektro- und Gasherd lag – und zwar auf der hervorstehenden Steckdose.

Für das Kochen am Gasherd benötigten wir Zündhölzer. Mindestens einmal täglich war der Gasherd in Betrieb. Auf ihm kochten wir im Pfeifkessel das Kaffeewasser.

In einem vorherigen Band habe ich beschrieben, wie damals Kaffee gemacht wurde – egal, ob *Rondo Melange* oder *Im Nu*.

Wissen Sie, wofür wir die Streichhölzer ebenfalls nutzten? Wir zauberten daraus Ohrenstäbchen. Das ging ganz einfach. Um das Holz wurde an einer Seite Watte gewickelt und fertig.

Außerdem konnte so ein Streichholz als Zahnstocher-Alternative agieren.

Vorhin habe ich die Taschenlampe an der Kellertreppe erwähnt. Mein Vater hatte für den Fall des Stromausfalls auch eine in seinem Nachtschrank am Bett.

Diese Taschenlampe existiert noch. Auf meinen Wunsch hin hat er sie mir vermacht. Ich benutze sie fast nie, sie ist jedoch toll. Denn ich kann drei verschiedene Farben einstellen.

Das funktioniert, indem ich per Regler ein Farbplättchen vor die kleine Glühlampe schiebe. Ahnen Sie schon, um welche Taschenlampe es sich handelt?

Ich habe eine sogenannte Signallampe beschrieben, die rotes, grünes und blaues Licht macht.

Zuallerletzt lassen Sie uns zu Omas Schmalztopf zurückkehren. Denn mir ist eingefallen, dass wir das Schweinefett natürlich auch zum Pfannkuchen backen verwendeten.

Bestimmt kam neben Gänsefett auch Schweineschmalz an unseren Grünkohl, den ich soooooo sehr liebe.

Ball an die Wand

Wenn ich jetzt darüber berichte, sehe ich Oma Hilde in der Hoftür stehen. Nebst ihrem Krückstock in der Hand hat sie sich angelehnt. Mit Freude schaut sie mir zu.

Von ihr habe ich die ausführliche Variante von „Ball an die Wand" gelernt. Das war eine wunderbare Möglichkeit für mich allein zu spielen.

Dafür brauchte ich lediglich einen Ball und eine Wand. Es machte mir großen Spaß. Gleichzeitig war ich darin ausdauernd.

Ich konnte mich immer schon wunderbar allein beschäftigen und hatte niemals Langeweile.

Vermutlich kennen Sie das Spiel „Ball an die Wand". Trotzdem möchte ich deren Vielfalt nochmal beschreiben.

In meiner heutigen Erinnerung ist, dass man den Ball erst einmal, dann zweimal und das bis zu zehnmal an die Wand warf.

So übten wir Werfen und Fangen, trainierten unsere Koordination, das Gleichgewicht, waren kreativ und kombinierten den Einsatz von Körper und Geist.

An folgenden Ablauf erinnere ich mich: Zunächst stand ich fest auf beiden Beinen und warf den Ball mit beiden Händen zur Wand.

Dies ließ sich folgendermaßen abwandeln: Nach dem Werfen konnte ich in die Hände klatschen. Das wiederum ging vorn oder hinter dem Rücken. Wer schnell genug war, klatschte vor und hinter dem Körper, bevor er den Ball mit beiden Händen wieder auffing.

Klatschen über dem Kopf zählte ebenfalls als Möglichkeit.

Der Ball ließ sich jeweils mit rechtem oder linkem Arm werfen und beidseitig fangen, wiederum mit der einen Hand oder mit der anderen Seite.

Wir standen mit dem Rücken zur Wand und warfen den Ball durch die Beine oder über den Kopf und drehten uns fix, um ihn aufzufangen.

Es funktionierte auch, den Ball von hinten über den Kopf zu werfen, während der Blick zur Wand gerichtet war.

Mal hoben wir ein Bein hoch und warfen den Ball drunter durch, und mal warfen wir den Ball einfach so, aber klatschten unter dem angehobenen Oberschenkel.

Ein schönes Ballspiel mit so langer Existenz! Nicht jede Wand durften wir dafür nutzen, doch Omas Hauswand war prima. Außerdem befand sich die Straße weit genug weg, falls der Ball doch aus der Hand fiel und davonrollte.

Bevor Sie weiter darüber nachdenken, ob sich in die Überschrift ein Rechtschreibfehler eingeschlichen hat ... ich nenne das künstlerische Freiheit.

Mucksmäuschenstill wird selbstverständlich so geschrieben. Allerdings war ich auf der Suche nach einer Überschrift, in der ich das Wörtchen Mux verwenden kann.

Schalten Sie schon, worauf ich hinauswill? Heute würde sich wahrscheinlich mancher wundern, wenn wir äußern: „Wir müssten mal muxen.".

Haben Sie das auch gesagt? Wenn Oma Fliegen ärgerten oder andersherum, wenn Fliegen Oma ärgerten, wurde gemuxt. Und warum hieß das so? Weil der Name unseres Insektensprays *Mux* war.

Ein anderes Insekten- beziehungsweise Fliegenspray hatte den Namen *tipp fix*. Oma muxte auch mit *tipp fix*. ☺

Vermutlich handelte es sich bei *Mux* um ein älteres, bei *tipp fix* um ein neueres Mittel. Denn die orangene *tipp fix* Sprayflasche kommt mir bekannter vor.

Da ich diesbezüglich ebenfalls recherchierte, konnte ich gleichzeitig unser Mückenspray entdecken.

Auf einer mittelhohen grünen Sprayflasche ist die Angabe *anti mücken spray* zu lesen.

Auch in diesem Fall liegt kein Rechtschreibfehler vor, denn das ist der Original-Produktname.

Ein anderes Mückenmittel, das ich entdeckte, ist *Flibol*. Das war aus meinem Gedächtnis verschwunden. Jedoch habe ich beim Anblick der Abbildung im Internet sofort den Geruch in der Nase.

(Eine Anmerkung am Rande: so funktioniert unser Unterbewusstsein. Da ist alles abgespeichert. Und viel, viel mehr als uns bewusst ist! Ein Bild kann die Erinnerung an einen Geruch auslösen. Andersherum kann ein Geruch die Erinnerung an ein Erlebnis hervorrufen und so weiter.)

Gerade habe ich überlegt, was es damals noch so zu bekämpfen gab. Da kam mir *Wofacutan* in den Sinn. Und ob Sie es glauben oder nicht, ich kann es riechen. Der Geruch steigt mir sogar bis in den Hals und den Kopf.

Wurde uns nicht mit *Wofacutan* der Kopf gewaschen, wenn im Kindergarten oder der Schule Läuse aufgetreten waren?

Nun habe ich wieder Recherche betrieben. Was in diesem Fall toll ist, in meiner Nase ist jetzt der wohlige Duft vom DDR-Weichspüler *Wofalor*.

Vor lauter Bezeichnungen, die mit den Buchstaben Wo beginnen – *Wofacutan, Wofasept, Wofalor* – frage ich mich, ob das einen Grund hat. Vielleicht ist es ein Hinweis auf den Hersteller? Und der könnte die Chemiefabrik Wolfen gewesen sein. Ich lasse das mal so im Raum beziehungsweise Buch stehen.

Meine Überlegung war ja, was es eventuell noch zu bekämpfen gab. Diesbezüglich fiel mir folgendes ein: Zur Bekämpfung oder besser gesagt, der Abwehr von Zahn-Teufelchen wurde in unserer Kindheit nicht nur zuhause sehr aufs Zähneputzen geachtet.

Mit *Putzi* machte es Spaß. *Putzi* schmeckte und motivierte. Ich möchte behaupten, dass wir zu Unterstufenzeiten ein- oder zweimal jährlich in der Schule unter Aufsicht Zähne putzen mussten.

Dafür gingen wir zu den Toilettenräumen, in denen sich im vorderen Bereich etliche Waschbecken befanden.

Im gleichen Zuge gab es aus großen braunen Medizingläsern Fluor-Tabletten. Aufgrund ihrer Größe faszinierten mich die Gläser. Diese Tabletten waren winzig und schmeckten (nicht schlecht). Das sollte sicher so sein. Denn angeblich dienten die Tablettchen unserem Besten.

(Angeblich, denn inzwischen ist bekannt, dass Fluorid unsere Zirbeldrüse, die im Zusammenhang mit unserer Intuition und spirituellen Entwicklung steht, verkümmern lässt.)

Zum Thema Zähne putzen habe ich noch eine schöne Erinnerung: nämlich die der zusammenklappbaren Zahnputzbecher. Sie wissen, welche ich meine?

Die hatten eine konische Form und ließen sich ineinander zusammenschieben. Genial. Vielleicht haben Sie den Becher auch als Trinkbecher benutzt. Warum nicht?

Außerdem befand sich am Boden des Bechers ein Spiegel. Das ist doch ebenfalls genial!

Zu den Bechern gibt es eine lustige Anekdote aus meinem heutigen Alltag in der Praxis. An dem Tag, als mir unser roter Zahnputzbecher wieder einfällt, kommt eine über achtzigjährige Dame zur Behandlung.

Nachdem wir fertig sind und noch ein paar Worte wechseln, frage ich sie, ob sie sich zufällig an diese zusammenklappbaren Becher erinnert.

Da schaut sie nickend zu ihrer Handtasche und antwortet, solch einen hat sie neben ihrer kleinen Wasserflasche immer dabei.

(Über Zufälle lässt sich philosophieren. Kennen Sie folgende Aussage?

Es gibt keine Zufälle.
Es fällt einem zu, was fällig ist!)

Mit Opas Stoppeln möchte ich keine Anspielung auf seinen Bart machen. Denn soweit ich mich erinnere, haben sich Opa als auch Papa fast täglich rasiert. (Eine Anmerkung zur heutigen Zeit: Ich beziehe meine Aussage auf das Gesichtshaar.)

Wie in den vorherigen Büchern beschrieben, vollzog Opa die Rasur mit Rasierpinsel und schäumender Rasiercreme. Papa verwendete irgendwann seinen elektrischen Rasierer – den *Bebo Sher*.

Zurück zu den Stoppeln, die sich nicht in den Gesichtern befanden. Im Lied *„Bunt sind schon die Wälder"*, heißt es weiter: *„gelb die Stoppelfelder"*.

Damit kommen wir der Sache etwas näher. Allerdings will ich nicht auf abgemähte Getreidefelder hinaus, sondern auf den Kartoffelacker.

Auf diesen Acker begleitete ich Opa damals gern. Dorthin fuhren wir mit unserem Trabant. Den Vordersitz hatte Opa ausgebaut, damit wir mehr laden konnten.

Was wir laden wollten: gestoppelte Kartoffeln. Es war zu jener Zeit in Ordnung, dass wir, nachdem die LPG maschinell geerntet hatte, zu Fuß und per Hand nach weiteren Kartoffeln suchten.

Wir sammelten sie in Körbe – in Kartoffel-körbe. Anschließend wurden sie in Säcke ge-schüttet. Die luden wir in den Kofferraum und eben an die Stelle des fehlenden Beifahrersit-zes.

Ich fand es toll, irgendwo dahinter oder auf einem Sack zu sitzen. War der Trabant voll beladen, tuckerten wir heimwärts.

Dort brachten wir die Kartoffeln in den Kel-ler, wo sie gelagert wurden. Wir verwendeten die Kartoffeln zur Fütterung der Tiere. Im ers-ten Band habe ich berichtet, dass Opa jeden zweiten Tag den großen Dämpfer anstellte.

Zu Kartoffeln sagte die ältere Generation – also die unserer Großeltern – auch Knullen.

Das Wort kommt aus dem Plattdeutschen. Mein heimischer Opa und Oma Hilde aus dem Nachbardorf waren diejenigen in unserer Fa-milie, die zum Teil platt sprachen.

Statt „meine" wurde zum Beispiel „miene" gesagt. Für „hast du" (haste) „heste".

Ich bastle daraus mal einen Satz: „Miene Ochen sinn aba heide wieder schlecht. Heste nich miene Brille jeseh´n?". ☺

Und manchmal ging es um Oma Hillas Hille. Da noch Platz auf dieser Seite, ich das Thema mit folgendem Zitat begleite ☺:

„Kannst keen Platt, fehlt di wat."

Wenn die Hille verrutscht, dann war die Trägerin vermutlich emsig am Schaffen. Oma Hilde sagte zum Kopftuch Hille.

Also sie sprach nicht mit dem Kopftuch, sondern nannte es so. ☺ Damals war es gang und gäbe, dass die Frauen – meist die älteren – ein Kopftuch trugen.

Ich möchte anmerken, dass dieses Kopftuch nichts mit religiöser Einstellung zu tun hatte. Die Großmütter trugen es bei bestimmten Arbeiten und auch, wenn sie unterwegs waren – also irgendwohin fuhren.

Dreieckig gefaltet knoteten die Frauen es unter dem Kinn zusammen. Während ich dies schreibe, sehe ich vor mir, wie schwierig es für Oma Erika – mit ihren von der Gicht geplagten Händen – war, diesen Knoten zu machen.

Eine später aufgekommene etwas feschere Variante ließ die Damen das Tuch hinten zuzubinden. Somit befand sich der Knoten unsichtbar unter der Dreieckstuchspitze.

Als kleine Mädchen wurden uns, glaube ich, hin und wieder auch Kopftüchlein umgemacht. Sicher dienten sie dazu, unsere Ohren vor Wind oder Kälte zu schützen.

Ich wage zu behaupten, dass die Großmütter ihre Hillen nicht nur draußen trugen. Während der Küchen- oder Hausarbeit hielt das Kopftuch die Haare zurück.

So konnte weder ein Haar in die Suppe gelangen (Zwinkern) noch als Strähne im Gesicht stören.

Wenn die Omas ihr Kopftuch außerhalb der Arbeit trugen, dann zum Beispiel beim in-die-Stadt-fahren als Ergänzung zum Mantel.

Selbstverständlich hatten die Frauen eine Auswahl von Tüchern im Schrank.

Je nach Jahreszeit existierten dünne und wärmere Tücher. Die einen waren aus Dederon, die anderen aus Baumwolle oder Wolle.

Manche Kopftücher besaßen sogar einen gesteppten Teil. Dieser befand sich dann auf dem oberen Bereich des Kopfes.

Ob Kittelschürze mit Strickjacke und Hille oder Trägerrock, Bluse und Kopftuch kombiniert, das sah alles nicht schlecht aus.

Es galt als normal – zumindest auf dem Dorf. Doch womöglich trug man – besser gesagt Frau – auch in der Großstadt modebedingt eine Zeit lang Tuch statt Hut.

Da hier Platz dafür ist, möchte ich nochmals an die Glitzertücher erinnern. Die Tücher, die wir uns von den Omas aus Westdeutschland mitbringen ließen. Die trugen wir natürlich nicht auf dem Kopf, sondern schick von vorn um den Hals gelegt.

Ob meine Großeltern irgendwo im Garten, in der Scheune oder auf dem Dachboden einen Schatz versteckt haben? Das weiß ich nicht.

An dieser Stelle möchte ich von einem etwas anderen Schatz schreiben – nämlich von Omas und Opas Wortschatz.

In einem vorangegangenen Kapitel habe ich bereits vom Platt berichtet. Begriffe wie Knullen, Hille und die Hucke Kuchen habe ich ebenfalls schon benannt.

Doch in der Zeit, in der ich mich mit dem Schreiben dieses Buches auseinandersetze, kommt mir manchmal aus dem Nichts ein weiterer Ausdruck von damals in den Sinn.

Den Knabberkuchen, dessen Rezept im ersten Band zu finden ist, nannte Oma Hilde Knabberkuke.

Zu anderen Worten, die ich damals hörte, zählte zum Beispiel der Stickkohl. Stickkohl würde ich statt Dialekt eher als Mundart bezeichnen.

Wissen Sie, was Stickkohl ist? Oma Erika nannte Weißkohleintopf Stickkohl. Da ich parallel zum Schreiben, einige Themen und Erinnerungen recherchiere, habe ich das auch in diesem Fall getan.

Lustigerweise stoße ich dabei nur auf Stink- oder Stinktierkohl. Gestunken hat Omas Stickkohl nicht – jedenfalls hat er nicht anders gerochen, als Kohl beim Kochen eben riecht.

Des Weiteren schwirrt in meinem Kopf der Ausdruck Weißkohl mit Stippe herum. Der kommt mir, so glaube ich, von Oma Hilde bekannt vor.

Ein Begriff, den ich in letzter Zeit häufig verwende, ist simmelieren. Meine heimischen Großeltern fragten manches Mal: „Was simmelierst de denn?".

Was mir ebenfalls wieder in den Sinn kam, ist die Bezeichnung Schapp. Es war möglich, dass Oma oder Mutti sagten, sie gehen die Schapps auswischen. Manchmal wurden die Schapps aufgeräumt oder sortiert.

Schapps gab es in der Kammer als auch im Speisekeller. Wenn Sie das Wort heute im Internet aufrufen, finden Sie dort, dass in der Seemannssprache so ein (kleiner) Schrank beziehungsweise Spind bezeichnet wird. Die zweite Bedeutung ist (Schub)-fach oder Abstellkammer.

Und die entspricht unseren Schapps. In der Kammer standen damals große Regale aus Holz. Die einzelnen Fächer waren dann Schapps.

Im Speisekeller befanden sich Regale mit tiefen Böden. Diese Schapps nutzten wir unter anderem zum Lagern von Pfirsichen. Außerdem bewahrten wir in den Schapps die vielen Einweckringe, -deckel und -klammern auf.

Wo wir nun schon bei Regalen und Schränken sind, passt eine weitere Vokabel von früher: das Vertiko.

Als ich plötzlich das Wort Vertiko im Kopf hatte, musste ich tatsächlich erst einmal simmelieren. Und wie das Leben es so macht, schickte es mir im selben Moment erneut eine Seniorin, die auch vom Dorf stammt, als Patientin. Mit ihr konnte ich darüber austauschen.

Danach war mir wieder klar, dass das Vertiko meiner Großeltern im Esszimmer stand. Ich meine, beim Vertiko handelte es sich um den Schrank, den wir auch als Anrichte bezeichneten.

Vorhin habe ich von Omas Hille berichtet und darüber, wann und wo Kopftücher getragen wurden.

Taten die Frauen das zum Arbeiten, trugen sie dazu meist eine Schärte. Damit meine ich eine (Kittel)-schürze.

Und einst zogen auch die Männer bei der Arbeit Schürzen an. Als Opa sich im Rentenalter morgens anzog, schlüpfte er in Hemd und Arbeitshose. Dann streifte er die Hosenträger hoch. In der Futterkammer angekommen, hing dort seine Schürze – eine Wabschürze. Für manche Arbeiten zog er einen Kittel drüber.

Ich sehe den eierschalenfarbenen alten Holzstuhl stehen, auf dem eine Decke lag und Opa saß, wenn er Stiefel anzog. Legte Opa seine Schürze um, band er sie vorn zu. Zum Schluss setzte er noch eine flache Mütze oder im Sommer einen Strohhut auf.

Hinter dem Stuhl befand sich eine Hakenleiste an der Wand, an der verschiedene Arbeitskleidungsstücke hingen. Links neben diesem Stuhl führte eine Tür zum Stall.

Im ersten Buch hatte ich beschrieben, dass wir vom Wohnzimmer bis zum Hühnerstall gehen konnten, ohne raus auf den Hof zu müssen.

Während ich dies schreibe, höre ich den Riegel der Tür zwischen Futterkammer und Stall aufgehen. In dem Moment wussten sicher Katzen, Kaninchen und vielleicht auch Hühner und Schweine, dass es bald Futter gab.

Vermisste übrigens Opa seine Wabschürze, fragte er Oma: „Wo hässt'n miene Schärte hinjeleit?". Bei den Schürzen für die Männer handelte es sich um Latzschürzen.

Zu Opas morgendlichem Anziehen gehörte, von den Hauslatschen in seine Holzpantinen zu wechseln. Die trug er bei vielen Arbeiten in Hof und Garten.

Für die kalte Jahreszeit gab es einfache, jedoch warme Überzieher, die man in den Pantinen anziehen konnte.

Ich bin mir nicht sicher, ob Bambuschen/Pampuschen die richtige Bezeichnung dafür ist. Es handelte sich um dicke, darum warme, Füßlinge.

Wenn ich mich nicht irre, waren sie grau und mit Steppnähten. Zu kaufen gab es die in der BHG, wo auch andere Arbeitsbekleidung erhältlich war.

Nun habe ich *Google* nochmal nach den warmen Füßlingen befragt. Man nennt sie auch Einziehsocken. Jetzt wissen wir Bescheid.

Ein Wort ist mir noch in den Sinn gekommen, und ich verwende es tatsächlich des Öfteren. Als ich es jetzt im Internet eingegeben habe, stand als erste Bedeutung: frech, unverschämt, vorlaut.

Ich kenne den Begriff aus Opas Mund bezüglich der zweiten im Internet erklärten Bedeutung. Die lautet: körperlich unwohl, zum Erbrechen übel/nahe am Erbrechen.

Nun will ich das Thema hier nicht ausdehnen. Doch es gibt so Zustände, da fühlt man sich „weder Fisch noch Fleisch". Es geht einem nicht richtig gut, aber auch nicht wirklich schlecht. Das Wort kodderig beschreibt für mich das Mittelding.

Mögen Sie sich immer pudelwohl fühlen und niemals spüren müssen, was kodderig ist!

In Opas Nachttisch

In Opa Erichs Nachttisch war ein kleines Kästchen. Das ist das Einzige, woran ich mich aus diesem Schränkchen erinnere.

Wahrscheinlich finden wir es als Kinder generell spannend, Schränke, Truhen, Kisten und ähnliches zu durchstöbern. Als Kinder wollen wir ja die Welt entdecken – jedenfalls erst einmal unsere kleine Welt.

Bei meinen Großeltern im Nachbardorf liebte ich es, den Inhalt der Schränke auf dem Hausboden zu entdecken. Darunter waren alte Spiele meines Vaters und seiner Schwester – meiner Tante.

Es war einfach interessant, zu schauen, was in Tüten oder Kartons verborgen ist. Vielleicht hatte dieser Reiz damit zu tun, dass ich auch gern in meiner heimischen Spielkiste wühlte. Denn in solch einer Kiste lag ausnahmsweise nichts sortiert und gestapelt.

Bei Oma im Nachbardorf gab es auch ein hübsches Kästchen, in dem sich hauptsächlich Schmuck befand. Das zu durchforsten, tat ich ebenso gern.

Ich war ehrlich gesagt nicht auf den Schmuck heiß. Nach einer gewissen Zeit, in der ich zum Teil vergessen hatte, was sich darin verbarg, fand ich es immer wieder spannend, sie zu erkunden.

Doch zurück zu Opas Nachtschrank. Ich habe wirklich keine Ahnung, was Opa dort alles aufbewahrte. Was ich jedoch genau weiß, ist, dass in einem Kästchen ein Auge – sein Glasauge – lag.

Opa hatte aufgrund einer Kriegsverletzung sein linkes Auge verloren. Ich finde das heute beim Schreiben „gruseliger" als damals. Denn ich wuchs so mit Opa auf und kannte ihn nicht anders.

Das heißt, so war Opa für mich „normal". Mit seinem Ersatzauge kenne ich ihn, glaube ich, kaum. War ich in den Ferien oder zu Besuch dort, saß ich Opa oft gegenüber.

Entweder trug er eine Augenklappe – so wie Piraten – oder ließ das Auge unbedeckt. Da war ja dann kein Loch. Die Augenlider lagen aufeinander und hatten die Augenhöhle verschlossen.

Bei dem Thema Glasauge muss ich immer an die Verfilmung des Romans *„Pianke"* von Peter Abraham denken. Ich meine, das Buch haben wir in der Schule gelesen.

Den Film habe ich dann irgendwann im Ferienprogramm unseres Fernsehens gesehen. Darin trug eine der Hauptfiguren auch ein Glasauge. Um die Kinder zu beeindrucken oder zu verängstigen, nahm er es vor ihnen gelegentlich heraus.

Muttis Perücke

Gleich vorab möchte ich klären, dass meine Mutter Gott sei Dank nicht krankheitsbedingt eine Perücke tragen musste. In den siebziger Jahren galt als modern, wer eine Perücke aufhatte.

Muttis Perücke begeisterte mich all die Jahre immer wieder. Jedes Mal, wenn ich sie entdeckte, war ich fasziniert. Die Perücke lag nicht irgendwo im Schrank herum.

Nein. Sie wurde auf einem Kopf aus Styropor aufbewahrt. Dieser Damen-Styropor-Kopf stand im Schrank. Ich meine, der Styropor-Kopf hatte sogar ein Gesicht. Das sah mich dann immer freundlich an.

Es handelte sich um eine lockige Kurzhaarfrisur aus braunem Haar. Mir ist nicht bewusst, dass ich mitbekommen habe, wenn Mutti die Perücke trug.

Eventuell tat sie das vor meiner Zeit, also bevor ich auf die Welt kam. Zum Glück kann ich meine Mutti noch fragen.

Darum weiß ich nun, dass sie, als auch ihre Schwester, zu meiner und gleichzeitig der Namensgebung meines Cousins Perücke trugen.

Na, liebe Damen unter den Leserinnen, haben Sie diese Mode auch mitgemacht?

An welchen Rücktritt denken Sie jetzt? Ich will es kurz machen und sagen, von welchem ich spreche.

Ich meine den Rücktritt des Fahrrades. Kürzlich sind wir in einer Unterhaltung darauf gekommen. In dem Moment wurde mir klar, dem Rücktritt möchte ich in diesem Buch ein Denkmal setzen.

Auf jeden Fall soll er hier als Erinnerung festgehalten sein. Denn früher hatten alle Fahrräder einen Rücktritt. Wir bremsten größtenteils per Rücktritt.

Am Lenker befanden sich die Fahrradklingel und der Bremshebel für die Handbremse.

Die coolen Rennräder hatten, glaube ich, rechts und links eine Handbremse.

Jedenfalls kamen wir ohne Gangschaltung vorwärts. Wurde es anstrengend, beziehungsweise ging es bergauf, (man bedenke, ich stamme aus dem niederen Fläming, da ist mit bergauf ein seichter Anstieg gemeint) fuhren wir schon einmal im Stehen.

Ich fühlte mich dann wie ein richtiger Rennfahrer. Als Rennfahrer Huschke wurden wir bezeichnet, wenn wir schnell fuhren. Rennfahrer Huschke holte seine Erfolge allerdings per Porsche statt Fahrrad ein.

Wenn wir uns jetzt schon dem Thema Fahrrad widmen, was fällt mir dazu noch ein?

Spontan erscheint mir in Gedanken ein rotes Damenklappfahrrad. Das waren die, die man auch als Mini-Rad bezeichnete.

Erinnern Sie sich an die Zeit als Rückspiegel am Fahrradlenker in waren? Ich hatte auch einen. Damit fühlte ich mich sehr cool.

Das war, glaube ich, die Zeit, in der es auch fesch war, einen Stielkamm in der Gesäß-Hosentasche zu tragen. ☺

Worauf ich verzichtete: mit einen Wimpel am Fahrrad herum zu fahren. Ein paar Wimpel, die ich besaß, hingen an Nägeln an der Wand meines Zimmers.

Mein Cousin Tilo nahm zu jener Zeit des Öfteren eine Strecke von zirka fünfzig Kilometer auf sich und radelte von seinem Zuhause bis zu uns.

Ob er über Nacht blieb oder am selben Tag die Heimfahrt antrat, weiß ich gar nicht mehr.

Seine Strecke führte ihn direkt auf der Fernverkehrsstraße – der heutigen B 101 – entlang. Man bedenke, dass damals bedeutend weniger Verkehr herrschte.

Sonst wäre ich auch auf Umwegen zu Oma und Opa ins Nachbardorf geradelt. Doch so drehte ich mich nach Antritt meiner Rückfahrt Oma noch mehrfach zuwinkend um.

Urlaub machen, das ist schön

U rlaub machen, das ist schön – mit diesen Worten hat meine Mutter 1985 ein Urlaubsbuch zu schreiben begonnen. In diesem Buch hielt zu Beginn sie, später ich, Urlaubsberichte fest. Wir schrieben, was wir taten und erlebten, Dazu klebten wir Eintrittskarten, Ausschnitte von Prospekten, Postkarten und so weiter. Beim Gestalten gaben wir uns echt Mühe.

1985 verbrachten wir knapp zwei Wochen Urlaub in Boltenhagen an der Ostsee. Teilweise habe ich von dem Aufenthalt in Boltenhagen bereits im zweiten Band meiner Erinnerungen berichtet.

Hier erfahren Sie nun weitere Fakten, denn ich habe unser Urlaubsbuch aufgeschlagen und gelesen, was meine Mutter dazu geschrieben hat. Während ich ihren Text las, fielen mir einige Dinge auf.

Die möchte ich nun mit Ihnen teilen. Zum Beispiel berichtet meine Mutter von der Fahrt. Wir fuhren damals mit dem Auto – unserem Shiguli. Und ja, wie im vorherigen Band erwähnt, wir erreichten auf der Autobahn auch mit 100 km/h das Ziel.

In Muttis Bericht steht, dass wir vormittags gegen 10:00 Uhr an der Raststätte Stolpe Halt machten.

Highlight Nummer eins: Auf der Restaurant-Speisekarte standen Pommes frites! Von deren Rarität können Sie ebenfalls im zweiten Band lesen.

Der nächste Knüller: Wir entdeckten eine wedelnde Eis-Fahne. Allerdings wedelte die am Intershop, der in dem Falle nicht für DDR-Bürger war, sondern nur Transit.

Von mir begehrtes Softeis konnte ich später in Boltenhagen schlecken. Doch auch dazu möchte ich erwähnen, dass es im gesamten Ort nur diesen einen (Soft)-Eisstand gab. Es galt, etwas Zeit mitzubringen, denn an dem Eisstand war für gewöhnlich eine Warteschlange.

Ansonsten erhielt man Eis wahrscheinlich im Eisbecher in einem Café. Allerdings existierten Cafés ebenfalls nicht in Hülle und Fülle.

Nicht zu vergessen, dass wir früher zu einer Tankstelle ausschließlich zum Tanken fuhren. Denn eine *Minol*-Tankstelle hätte bei Appetit auf Eis oder andere Leckereien keine Abhilfe schaffen können.

Zurück zum Urlaubsbuch. Meine Mutter beschrieb darin unsere Unterkunft folgendermaßen: „Unsere Wirtin empfing uns sehr freundlich. Als sie uns unser Zimmer gezeigt hatte, waren wir glücklich: Teppich, Anbauwand, Waschgelegenheit, Clubtisch und Sessel, daneben ein Bad mit Innentoilette.".

Nun fragt sich heutzutage wohl mancher, was daran glücklich macht. Vielleicht sagen zwei weitere Sätze, die meine Mutter darübergeschrieben hatte, mehr dazu aus: „Das konnte doch nicht wahr sein! Wir hatten schon so viel Pech an der Ostsee."

Womöglich stimmen Sie mir nickend zu, denn wer damals Urlaub an der Ostsee gemacht und nicht gezeltet hat, kann sicher manche Geschichten über sein Quartier erzählen.

Ins Buch hat meine Mutter neben anderen Belegen die Strandkorbquittung geklebt. Die sogenannte Leihgebühr betrug für den Zeitraum von zwölf Tagen 15,20 M.

Genau in diesem Urlaub trafen wir die in einem anderen Kapitel benannte Familie mit der Tochter im hübschen (eingefärbten) Kleid. Nach nochmaligem Lesen weiß ich nun, dass sie Kati hieß und bereits siebzehn war.

Nach dem leider viel zu schnell zu Ende gegangenen Urlaub heißt es in den Zeilen zu unserer Heimreise: „Um 12:00 Uhr hatten wir die Raststätte Stolpe erreicht. Das Mittagessen schmeckte vorzüglich. Für Andrea ging der große Wunsch, endlich mal Pommes frites zu essen, in Erfüllung.".

Dass Pommes in der DDR eine Rarität waren, habe ich im zweiten Band beschrieben. Nun ja, was der Mensch mag, doch nicht immer hat, schätzt er umso mehr.

Mir fällt auf, dass im Urlaubsbuch von 1985 lediglich Postkarten in schwarz-weiß eingeklebt sind. Entweder haben wir die farbigen als Urlaubsgrüße verschickt oder sie waren tatsächlich rar.

Erinnern Sie sich eigentlich noch, wann wir die ersten Farbfotos gemacht haben?

Zum Abschluss nun auch den letzten Satz aus Muttis Urlaubsreport: „Zusätzlich kommt am 31.7. ein Telegramm aus Berlin, dass meine tschechische Freundin mit Familie eintrifft.".

Heute kann man *WhatsApp* beziehungsweise den Dienst *Telegram* zum Nachrichten übermitteln nutzen. Damals wurden für eilige Mitteilungen Telegramme gesandt. Denn zur Erinnerung, wir hatten keine Handys, keine Computer und die allerwenigsten Haushalte ein Telefon.

Wenn es um dringende Nachrichten ging, dauerte der Weg eines Briefes oder einer Postkarte zu lange.

So ein Telegramm wurde direkt an der Haustür vom (Post)Boten zugestellt.

Zu Boltenhagen fällt mir noch ein, dass die Erwachsenen im westlichen Teil des Ortes (rein geografisch gesehen) vor allem abends mit einer Ausweiskontrolle durch Grenzsoldaten rechnen mussten.

In einem Urlaub nahe der tschechischen Grenze erlebten wir das auch.

In der Not schmeckt die Wurst auch ohne Brot

In der Not schmeckt die Wurst auch ohne Brot, besagt ein deutsches Sprichwort. Wir litten weder Not, noch mangelte es an Brot. Unser Glück war sogar, den eigenen Bäcker im Dorf zu haben.

Und der backte gutes Brot. Ich habe darüber geschrieben, dass wir eine elektrische Brotschneidemaschine besaßen. Oma Hilde und Opa Reinhardt nahmen sich das Brot trotzdem zur Brust und schnitten gern mit der Hand, was ihnen bestens gelang.

Außerdem gab es damals schon abgepacktes Brot. Ich denke dabei an *Pumpernickel* und *Filinchen*. *Filinchen* kaufte meine Tante Ingrid ein, wenn sie welches ergattern konnte. Wenn ich dort Ferien machte, wurden sie durch *Filinchen* noch schöner.

Aus *Pumpernickel* wurden, glaube ich, früher schon Häppchen mit Butter und Käse gemacht. Die kamen zum Beispiel beim Kindergeburtstag auf den Tisch. Ich mochte *Pumpernickel*.

Jetzt hätte ich fast das *Knäckebrot* unterschlagen. Das will ich nicht. Denn *Knäckebrot* war meistens im Haus.

Nun möchte ich noch ein weiteres Brot aufführen. Das hat man weder mit Butter, Marmelade oder Wurst bestrichen, sondern einfach so verzehrt. Lecker war´s!

Sogar spielen konnten wir damit – nämlich Wörter legen. Na, macht es Klick? Ich spreche vom leckeren knusprigen *Russisch Brot*.

Obwohl es *Russisch Brot* hieß und heißt, beinhaltet es deutsche Buchstaben. Das Internet hat Antwort auf die Frage, warum *Russisch Brot* Russisch Brot heißt. Das Unternehmen *Bahlsen,* dass *Russisch Brot* seit 1904 mit einer Sorte unter dem   Namen (Leibnitz-*) "ABC"* herstellt, erklärt folgendes: *Russisch Brot* leitet sich aus rösch=knusprig und Brod=süße Backware her.

Eben fällt mir noch das Hasenbrot ein. Hasenbrot konnte auch der Mensch verzehren. Wenn Sie den Begriff im Internet eingeben, erhalten Sie mindestens vier Erklärungen.

Ich meine weder eine Pflanzenart noch die mit Schokolade überzogene Schaumwaffel. Genau, Sie wissen, dass ich das nicht gegessene, wieder heim gebrachte Pausenbrot meine.

Mal ehrlich, so ein Hasenbrot schmeckt manchmal besser als die frisch gemachte Schnitte.

Habe ich ein Brot vergessen? Sie erinnern sich womöglich an Brot aus dem Backofen in Hof oder Garten.

Das habe ich nicht mehr erlebt, kann mir allerdings vorstellen, wie lecker das Brot war.

Genau gesagt, kurz vor 22:00 Uhr. Um 22:00 Uhr konnte es passieren, dass Ausweiskontrolle war. Das bedeutete, zwei oder mehrere Ordner gingen durch die überschaubare Disco und verlangten das Vorzeigen des Ausweises.

Es ging darum, zu überprüfen, wer noch keine sechzehn Jahre alt war. Denn unter sechzehn hatten wir nach 22:00 Uhr nichts mehr in der Disco zu suchen.

Zu Beginn meiner Disco-Zeit endeten die meisten Disco-Veranstaltungen gegen 0:00 beziehungsweise 1:00 Uhr. Um 19:00 Uhr ging's los. Da ging und war auch wirklich schon was los!

Aus heutiger Sicht finde ich Disco-Zeiten von 19:00 – 24:00 Uhr genial.

Vom Jugendweihegeld kauften sich viele von uns ein Moped (oder einen Kassettenrekorder). Das galt auf dem Dorf als normal – egal, ob man Mädchen oder Junge war.

Auch zur Disco fuhren wir zum Teil mit dem Moped. Die meisten von uns fuhren eine Simson S51. Meine Simi war hellgrün. Am liebsten hätte ich ein Moped in der Farbe silber-metallic gehabt. Doch den Farbton hatten nur die Enduro-Maschinen.

Wenigstens mein Helm war silbergrau. Allerdings wäre mir der auch farbenfroher recht gewesen.

Aus heutiger Sicht staune ich, dass uns Mädels nicht störte, auf dem Weg zur Disco einen Helm zu tragen. Vielleicht waren wir mit unserer Frisur nicht so eitel. Oder aber die Frisuren waren helmtauglich. (Zwinkern)

Von meinem Moped kann ich noch folgendes berichten: Wir hatten es in einem Laden in meiner Geburtsstadt gekauft.

Bei winterlicher Kälte fuhr Papa mein zukünftiges Moped heim. Er erinnert sich heute noch, wie wenig die Handschuhe nutzten.

Außerdem hatte er während der Fahrt meinen Helm auf. Laut seiner Aussage, könne er heute noch spüren, wie der gedrückt hat. ☺

Was Eltern eben alles für ihre Kinder tun ...

Zu Beginn hatte ich ja von der Kuschelrunde geschrieben. Erinnern Sie sich oder Ihr Gleichaltrigen Euch, wie spannend das war.

Denn es konnte sein, man hatte den ganzen Abend darauf gewartet, dass ein holder Prinz zur Kuschelrunde bat. ☺

(Es war durchaus möglich, dass kein holder Prinz erschien und man sehnsüchtig den tanzenden Paaren zusah.)

Was mein Heimatdorf auf seine Weise besonders machte

Die Reihenfolge, in der ich jetzt Dinge nenne, ist nicht von Bedeutung. Kommen Sie aus Richtung Berlin ins Dorf gefahren, sehen Sie zu Ihrer Linken den schönen Dorfteich.

Auf dem Teich habe ich Schlittschuh laufen geübt. Den Teich gibt es noch.

Wer aus der entgegengesetzten Richtung ins Dorf fährt, erinnert sich manchmal, dass dann bald an der Ecke unser dorfeigener Bäcker war.

Wie lecker dort die Spritzkuchen, Torten und andere Backwaren schmeckten, habe ich im ersten Buch meiner Dorfkind-Erinnerungen geschrieben. Auch, dass ich hin und wieder mit gefülltem Korb durchs Hintertürchen hinein ging. Von Auswärtigen weiß ich, dass sie das Brot schätzten und dort kauften. Also brachten sie mein Dorf mit dem Bäcker in Verbindung.

Bog man in Höhe Bäcker-Laden rechts ab und fuhr in Richtung Wald, kam man zur Röte. Noch vor dem Beginn des Waldes musste man nochmals rechts abbiegen. Dort führte ein schmaler Feldweg zu unserer Röte.

Die Röte war ein Badesee – klein, aber fein! Unser ganzer Stolz. Denn wir Kinder aus dem

Dorf durften ab einem bestimmten Alter allein, beziehungsweise gemeinsam, zur Röte radeln.

Ich habe immer stolz erwähnt, dass es dort sogar einen ausgeschilderten Parkplatz gibt. Dass wir einen Mann aus dem Dorf bewunderten, steht bereits in einem der vorherigen Bücher geschrieben.

Aber ich denke, ich kann zum wiederholten Male schildern, dass unsere Bewunderung ihm gegenüber darin lag, dass er den See kriegsverletzt bedingt einarmig durchschwamm.

Wenn ich an das Baden in der Röte denke, sehe ich sofort meinen roten Plastikkorb. Im Gegensatz zu den meisten anderen hatte er die Form eines Zylinders und war verschließbar.

Darin fanden Handtuch, Kekse oder das Butterbrötchen Platz. Woran ich mich ebenfalls entsinne, dass ich im Hochsommer manchmal den anderen beim vorbei radeln traurig hinterher sah. Dann litt ich unter einer Sommerangina.

Einige Ortsfremde erinnerten sich beim Nennen meines Heimatdorfes an unsere Gaststätte. Wie das Gaststätten wahrscheinlich an sich haben, befand sie sich mitten im Ort und direkt an der Hauptstraße.

Mancher hatte diesbezüglich das schmackhafte Essen im Kopf, andere Tanz und Musik. Vielleicht beging der ein oder andere auch manche „Jugendsünde" auf beziehungsweise hinter dem Tanzsaal. (Zwinkern)

Neben all dem gehört für mich in meinem Gedächtnis ans Heimatdorf unsere Mühle, die LPG, unser Patenbetrieb, Felder, Wald und Wiesen, die Murtel- als auch Sandkiete.

In einer neu erbauten Kindertagesstätte hielt in gewissen Abständen sogar ein Arzt Sprechstunde. Ich kann mich an einen Aufenthalt im Wartezimmer erinnern. Währenddessen lauschte ich einer Unterhaltung zweier Frauen.

Dabei ging es um Kniebeschwerden. Eine der beiden empfahl Kohlblattwickel für das Knie. Viele Jahre später hatte ich die Situation wieder vor mir.

In dem Moment las ich nämlich in einem Buch über alternative Heilmethoden von Kohlblattwickeln bei Gelenkbeschwerden. Die kann ich Ihnen ans Herz legen – so, wie ich es auch bei meinen Patienten tue.

Sie haben nichts zu verlieren. Der finanzielle Aufwand hält sich für einen Weiß- oder Wirsingkohl in Grenzen. Es kann höchstens passieren, dass Sie keine Linderung spüren.

(Bei Fragen fragen Sie Ihren Arzt oder Apotheker oder gern auch mich.) (Zwinkern)

Auch Walter Winkler soll hier zum wiederholten Mal genannt sein. Aus seiner Hand stammen Text und Musik des Flämingliedes.

Womit Oma und Opa hantierten

In Gedanken bin ich heute durch unser Haus, die Scheune und Stallgebäude gegangen. Ich erinnerte mich, wie das alles in meiner Kindheit und Jugend aussah.

Spannend, was ich auf meiner gedanklichen Reise in die Vergangenheit entdeckte. Dazu gehören verschiedene Geräte, Arbeits- und Hilfsmittel, die meine Eltern und Großeltern verwendeten.

Direkt am Schlafzimmer meiner Großeltern befand sich ein kleiner Abstellraum. Solche Winkel sind, wie wir alle wissen, Gold wert.

In diesem Kämmerchen stand zum Beispiel Omas Teppichkehrmaschine. Diese Kehrmaschinen funktionierten rein mechanisch, damit meine ich, ohne Strom.

Ich kann das leise Surren hören, das ich vernahm, wenn Oma damit über den Teppich fuhr.

Um Spinnenweben zu beseitigen, gab es einen sogenannten Spinnenbesen. Vielleicht verwenden Sie den sogar noch heute oder erinnern sich an deren Form.

Auf einer Seite hatte dieser flache Besen nämlich mehr Borsten als auf der anderen. Im Internet finden Sie den Besen unter Spinnwebbesen oder Schrankfeger.

Solche Besen sind nach wie vor erhältlich.

Was wir ebenfalls zum Spinnenweben entfernen benutzten, war der gute alte Flederwisch.

Zuerst hatte ich Fledderwisch geschrieben, doch so nannten wir ihn vielleicht umgangssprachlich.

Der Flederwisch ist ein Federwisch. Federwisch deshalb, weil dazu ein Enten- oder Gänseflügel dient.

Man benutzt ihn als Handfeger und kann damit Staub als auch Spinnenweben beseitigen.

Den Fußboden wischten wir mit Schrubber, Eimer, Wasser. Davon bin ich noch immer ein Fan.

Erinnern Sie sich noch an unseren Bohnerwachs? Vielleicht auch an die Hinweisschilder mit der Aufschrift: Vorsicht, frisch gebohnert!

In der Schule oder anderen öffentlichen Gebäuden stieß man darauf. Zuhause wurden keine Aufsteller verwendet. ☺

Bezüglich des Fußbodens in unserer Schule rieche und sehe ich gerade feine grüne Späne. Nun habe ich wieder recherchiert und dabei entdeckt, dass es Kehrspäne gibt.

Die sind aus Wachs und vermutlich verwendeten unsere Reinigungskräfte so etwas.

Doch zurück zum Bohnerwachs. In meinen Augen wurden damals nicht nur Möbelstücke, sondern auch die Fußböden mehr gehegt und gepflegt. Sind wir achtsamer mit den Dingen umgegangen? Ich lasse die Frage einfach so im Raum beziehungsweise Buch stehen.

Durch das Bohnerwachs wurde ein schützender Film/eine schützende Schicht auf den Boden aufgetragen. Somit wurde der Fußboden poliert und sein Glanz hervorgebracht und gleichzeitig versiegelt.

Können Sie den Geruch vom Bohnern wahrnehmen?

Und nun nochmal zur Pflege der Möbelstücke. Ich kann mich erinnern, dass wir die Schränke regelmäßig mit Möbelpolitur abrieben.

In dem Beutel, in dem sich das Staubtuch befand, lag ebenfalls der Lappen zum Polieren. Er war deutlich zu erkennen, denn er trug Öl- beziehungsweise Farbspuren.

Diese Politur hatte ebenso die doppelte Wirkung von Hegen und Pflegen – sozusagen ein Balsam für die Möbel (Seele).

In diesem Moment denke ich an das Fensterputzen. Ähnlich wie beim Wischen, benötigten wir auch hierbei lediglich einen Eimer Wasser und einen Lappen beziehungsweise ein Tuch.

Ich bin damit groß geworden, dass die Fenster zunächst mit einem gewöhnlichen Lappen (der für die Fenster vorgesehen war) abgewaschen wurden. Im Anschluss polierten wir sie mit einem Lederlappen.

Noch heute mag ich das Gefühl, wenn man den feuchten Lederlappen in der Hand hielt. Diese Lappen hielten lange, bevor sie hart wurden und bröckelten.

In das Wasser kam immer ein Schuss Spiritus. So mache ich das heute noch.

Wenn wir nun in Gedanken das Haus verlassen und nach draußen gehen, landen wir im Stall oder sogar im Garten.

Zum Thema Garten denke ich an die Wackelhacke. Für mich war sie schon damals aufgrund ihres Namens oder ihrer Mechanik etwas Besonderes.

Wissen Sie mit dem Begriff etwas anzufangen? Mit dieser Hacke arbeiteten wir nicht auf den Beeten, sondern bearbeiteten die Wege dazwischen.

Im Prinzip führte man dabei eine Wackelbewegung aus. Man setzte die Hacke auf und bewegte sie vor und zurück.

Auf diese Art wurden die Wege vom Unkraut befreit.

Wie so oft, habe ich nun auch den Begriff Wackelhacke bei *Google* eingegeben. Doch schmunzelnd teile ich Ihnen mit, dass mir Google nur den Wackeldackel vorschlägt.

In unseren Autos war kein Wackeldackel an Bord. Ich bin mir außerdem recht sicher, dass wir auch keine umhäkelte Toilettenpapierrolle mit uns führten.

Über so einen nickenden oder kopfschüttelnden Dackel freute ich mich eher, wenn ich ihn hinterherfahrend ansehen konnte.

Auf den Garten bezogen, könnte ich an dieser Stelle schreiben, dass Opa in gewisser Hinsicht ein Sensenmann war. Doch der Begriff erscheint vielen sicher zu gruselig oder makaber.

Jedenfalls konnte Opa perfekt mit der Sense umgehen. Das Gras in unserem großen Garten mähte er mit der Sense.

Zum Teil wurde es frisch, aber unbedingt trocken beziehungsweise ohne Morgentau, an die Kaninchen verfüttert.

Des Weiteren mähte Opa das Gras und ließ daraus Heu werden. Opa war Rentner und zuhause. So konnte er der Witterung entsprechend regelmäßig das Gras, was dann zu Heu wurde, wenden gehen.

Wenn die Sense stumpf geworden war, dengelte sie Opa. Dabei saß er meist im Kuhstall. Dieser Stall trug seinen Namen nur noch aus früherer Nutzung.

Inzwischen wurde darin keine Kuh mehr gehalten. Dort war nun Platz für Hund und Katze, Kaninchenställe und später für ein paar Schweine.

Opa saß dann hinter einem Holzklotz, auf dem das Sensenmesser lag und von ihm beschlagen würde. Das machte die Sense wieder dünn und scharf. Für solche Arbeiten war Opa wie gemacht. Er war die Ruhe in Person und besaß die notwendige Ausdauer. Als ich zu einer Zeit gemeinsam mit ihm Steine abklopfte, wirkten seine Ruhe und Ausdauer auch auf mich. Wir konnten stundenlang schweigend nebenher arbeiten. Und Opa paffte währenddessen seine Zigarre.

Opa kümmerte sich nicht nur um das Schärfen der Sense, sondern auch um sämtliche Messer, mit denen wir in Haus und Garten arbeiteten. Dafür verwendete er einen Wetzstein. Als ich den Wetzstein googelte (wie man heute so sagt), entdeckte ich daneben einen Wetzstahl und erinnerte mich, dass Papa so etwas in der Werkstatt hatte. (Oder war das eine Rundpfeile?)

Bei diesem Werkzeug vermochte ich mir nie vorzustellen, wofür es dient. Aber nun weiß ich es. Da passt der Spruch: *„Man wird alt wie 'ne Kuh und lernt immer noch dazu."*

Weiterhin will ich ein Hilfsmittel, dessen Anblick mich stets reizte, erwähnen. Es befand sich bereits ausgedient auf dem Stallboden.

78

Was ich meine, ist eine alte Getreidewaage. Ich glaube, der größte Reiz für mich lag in den verschiedenen Gewichten, die dazu gehörten.

Sie verlockten zum Spielen. Jedoch spielte ich nie damit. Vielleicht genügte mir die Freude beim Anblick der kleinen und größeren Gewichte.

Diese Waage bezeichnet man übrigens auch als Hof-Waage.

Was habe ich vergessen aufzuzählen?

In den vorangegangenen Büchern habe ich von den Kartoffel-Dämpfern erzählt und vom großen Warmwasserboiler in der Futterkammer.

Später fand dort ein großer Kessel Platz. Der wurde zum Schlachten gebraucht. Darin kochten die Frauen Wurst(suppe).

Am Tag des Schlachtens freute ich mich nach Schulschluss auf leckeres Wellfleisch. Zudem wusste Oma, wie sehr ich die gekochten Nieren mochte.

Ein anderes Mal machten Mutti oder Oma in diesem großen Kessel Pflaumenmus.

Zum Einwecken wurde er ebenfalls benutzt. Die Vielfalt eingeweckter Vorräte habe ich in den vorhergehenden Büchern beschrieben.

Nun ist mir noch die gute alte Mandelmühle auch -reibe eingefallen. Für den Gebrauch schraubten wir diese an der Tischkante fest.

Was macht ein Dorfkind aus?

Was macht so ein Dorfkind aus?
Dass man den Garten hatte am Haus?
Dass man jeden im Dorf kannte
und auch bei seinem Namen nannte?

Dass wir auf dem Gehweg spielten
und uns dabei freundschaftlich verhielten?

Dass saubere Luft um unsere Nasen wedelte,
Oma den Wollfaden zum Strümpfe stopfen einfädelte?

Wir auf dem Bürgersteig auch mit dem Fahrrad fuhren
und im Schnee hinterließen Spuren?

Der Geruch von Kuh und Schwein uns war nicht fremd,
und Opa trug im Winter ein langärmliges Unterhemd?

Dass uns kein Straßenbahnlärm störte,
man die Vögel singen hörte?

Unser Auge Wiesen und Felder erblickte,
manch Junge beim Bolzen umknickte
und später vom Herumtoben müde einnickte?

Dass wir keine Hochhäuser kannten,
mit Schlumper-Sachen zum Spielen raus rannten?

Buden bauten und kaum Fernsehen schauten?

Langeweile ein Fremdwort war,
wir uns Sommer wie Winter gern draußen aufhielten – na klar!

Dass meist drei Generationen wohnten unter einem Dach,
wir in der Schule keinen Kurs belegten, sondern unterrichtet wurden in einem Fach?

Ich weiß, auch Stadtkinder kennen das
und für manche Erinnerungen ist auch das Leben in der DDR Anlass.

Von mir aus können Sie gern weiter dichten,
von Ihren Eindrücken berichten,

eigene Erinnerungen notieren
und damit dieses Büchlein verzieren.

Schreiben Sie das ein oder andere ruhig auf,
denn irgendwann nimmt die Vergesslichkeit ihren Lauf. (Zwinkern)

Eine Seite für Ihre Erinnerungen

Auch in diesem Büchlein räume ich Ihnen gern Platz ein für persönliche Erinnerungen. Es kann durchaus sein, dass in Ihnen plötzlich Erlebnisse wachgerüttelt wurden, die Sie vielleicht vermerken möchten. Hier ist Platz für Notizen oder eine kleine persönliche Geschichte.

....
....
....
....
....
....
....
....
....
....
....
....
....
....
....
....
....

Blick vom und aufs Dorf

Nehmen wir an, ich stehe wie einst im Garten: Den Garten vom Hof betretend, kann ich zu meiner Rechten den großen Misthaufen sehen.

Vor ihm ist die Luke, die zum Hühnerstall führt. Ich kann sogar das erwartende Gegacker der Hühnchen hören, endlich ins Freie gelassen zu werden.

In unserem Garten haben sie genug Grünes zu picken und viel Platz, um Löcher zu buddeln. Für uns Menschen bedeutet das, achtsam zu gehen, um nicht in solch ein Loch zu treten und womöglich umzuknicken.

Unmittelbar vor dem Hühnerstall, ganz in der Nähe eines heranwachsenden Walnussbaumes, befindet sich ein kleiner Teich.

Der ist für die Enten. Bis sie irgendwann von uns verzehrt werden, sollen sie ein schönes Leben haben. Dieser Teich ist quadratisch gemauert und hat einen schrägen Zugang.

Als Kind balancierte ich gern auf seiner niedrigen Einfassung.

Wenn ich dort stehe, ist zu meiner Linken der Scheunengiebel. An ihm entlang verläuft ein Weg. Da dort wenig Sonne hinkommt, ist er manchmal feucht und rutschig.

Etwas Moos zwischen den Steinen fördert diesen Zustand zusätzlich.

Wenn ich diesen Weg weitergehe und die Scheune zu Ende ist, habe ich einen weiten Blick auf den großen Garten.

Auf der linken und rechten Seite befinden sich eingezäunte Flächen. Dort sind Beete angelegt. Zudem wachsen dort Sträucher mit verschieden farbigen Johannisbeeren, Stachelbeeren und Rhabarber.

Im mittleren offenen Bereich des Gartens gedeihen Apfel-, Kirsch-, Pflaumen- und Pfirsichbäume. An der Eingangstür zum linken Areal steht mein Lieblingsbaum – ein Baum mit saftig süßen gelben Eierpflaumen.

Gehe ich durch die kleine Pforte zum linken Gartenbereich, sind dort auf einer Rasenfläche vor den Beeten weitere Sorten von Apfelbäumen.

An dem größten von ihnen habe ich als kleines Kind geschaukelt. Dort hing an einem stabilen Ast eine Schaukel, in der ich auf allen vier Seiten sicher umgeben war.

Diese Schaukel war aus Holz. Rundherum befanden sich Holzstreben, die man zum Einsteigen hochschieben konnte. Ich saß auf einem Kissen weich gebettet.

Wenn ich schaukelte, konnte ich zur gegenüberliegenden Fläche des Gartens hinüberblicken.

Da stand wiederum ein Lieblingsbaum von mir, in diesem Fall handelte es sich um eine

Winterbirne. Ich mochte die Früchte unter anderem wegen ihrer etwas rauen Schale.

Während ich das schreibe, stelle ich fest, wie viele Lieblingsbäume ich hatte. ☺ Zu ihnen zählte nämlich noch ein

Apfelbaum, deren Früchte ich am allerliebsten kurz vor dem Reifsein mochte.

Auch der im ersten Buch beschriebene große Walnussbaum gehörte dazu. Und die zwei Süßkirschbäume. Einer davon trug gelbe Kirschen.

Obwohl die genannten bereits etliche Bäume sind, standen in unserem Garten einige mehr. Kein Obst davon blieb unverwertet.

Wir aßen die Früchte roh, taten sie auf einen Tortenboden, weckten sie ein, kochten Marmelade und Mus oder brachten sie zum Mosten.

An dieser Stelle bemerke ich, dass wir damals eher Most statt Saft sagten. Nur mal so am Rande.

Doch zurück zu meinem Garten-Rundblick. Ich sprach auch von Beeten. Auf ihnen wuchsen unter anderem Erdbeeren, Zwiebeln, Möhren, Kartoffeln, Bohnen, Gurken und für die Tiere zum Beispiel Rüben.

Am Ende des Gartens habe ich freien Blick auf das Feld. Das vermittelt das Gefühl von Freiheit, das ein Leben auf dem Dorf mit sich bringt.

Auf der linken Seite ist entfernt Kiefernwald zu sehen. Das Feld wird zur Rechten von einer Straße begrenzt, hinter der sich wiederum Ackerland befindet.

Auf dem Feld steht zu mancher Zeit eine Beregnungsanlage. Später folgt eine nicht allzu dichte Hecke oder Baumreihe. Und nach knapp drei Kilometern ist das Nachbardorf.

In drei Himmelsrichtungen folgt auf mein Heimatdorf eine weitere Ortschaft. Aus der Ferne ist meist zuerst der Kirchturm des Ortes zu entdecken.

Vor unserem Dorf war der Wasserturm ein Blickfang beziehungsweise bei Heimkehr aus der Ferne Anhaltspunkt für das nahende Ziel.

Ein Merkmal meiner Heimat sind Straßen, die beiderseits von Bäumen umgeben sind. Wie kahl wäre die Welt ohne solche Alleen.

Außerdem habe ich zu meiner dörflichen Ansicht Silos vor Augen. Wer das nicht weiß: Dabei handelt es sich um gegärtes Futter, das Silage genannt wird.

Ferner durfte ich einen Gebäudekomplex im Dorf kennenlernen, der nicht nur den neuen Konsum und die BHG beinhaltete. Am Ende war Platz für unseren Jugendclub.

In diesem als auch dem früheren Standort (mit Kegelbahn!), verbrachte ich viele Stunden beim Tischtennis spielen.

Ein Kessel Buntes

Bereits das zweite Buch meiner Erinnerungen beinhaltet ein Kapitel mit dem Titel „Ein Kessel Buntes". Ja, die Bezeichnung habe ich vom Fernsehen kopiert.

Denn manche Samstagabend-Unterhaltung war *„Ein Kessel Buntes".* Obwohl die Sendung von verschiedenen Moderatoren begleitet wurde, bringe ich Klaus-Dieter Henkler und Monika Hauff damit in Verbindung.

Doch hier biete ich Ihnen erneut meinen Kessel bunter Erinnerungen an frühere Zeiten. Weil nicht jeder Gedanke ein Kapitel füllt, erhalten Sie an dieser Stelle ein „Gedächtnis-Allerlei".

Weil wir schon beim Fernsehen waren,
erwähne ich zu Beginn die Rosenmontags-Fanfaren.
Denn am Rosenmontag verhielt es sich so:
Kam ich gegen vierzehn Uhr aus der Schule,
war Oma nicht irgendwo.
Ganz sicher traf ich sie in der Stube an.
Zum Rosemontag war nämlich Fernsehen dran.
All die Umzüge begeisterten sie.
An anderen Tagen gab es Fernseh gucken um diese Zeit für Oma nie.

Welche Freude empfand Oma da.
Die Kölner und Düsseldorfer Jecken waren ihr ganz nah.
Nein, das DDR-Fernsehen übertrug die Faschingsumzüge nicht,
doch wir bekamen doch (untersagter Weise) „Westsender" vors Gesicht.

Nicht nur beim Karneval wurde Alkohol getrunken.
Erinnern Sie sich, dass manch Tröpfchen Schnaps aus der Flasche ist direkt in den Tropfenfänger gesunken?

Auch für Kaffeekannen gab es das.
Da wurde keine Tischdecke nass.
Der Abtropfschutz wurde von der Tülle über den Kannendeckel bis zum Henkel gespannt.
Die Schaumstoffteilchen waren wohl jedem bekannt.

Nun bin ich tatsächlich ins Zweifeln gekommen,
ob wir den Abtropfschutz überhaupt für Schnapsflaschen haben genommen.
Denn auf die Flaschen haben wir doch zu Feiern Schnapsgießer gesetzt.
Beim Eingießen gluckerte es, das hat gefetzt. ☺

Jetzt, wo ich in Gedanken bin bei Tanz und Musik,
ich eine nächste Erinnerung krieg.
Nämlich, dass die Kapelle auf dem Tanzsaal
nach drei Liedern Pause hat gemacht,
währenddessen haben die Gäste, erzählt, getrunken und gelacht.

Wahrscheinlich wurde auch gesungen.
Vielleicht ist das nicht allen gelungen.
Zum Singen fällt mir noch etwas ein.
Das tat ich nämlich nicht allein.

Zur Schulzeit war ich Mitglied im Chor.
An manchen Tagen hatten wir da ´ne Menge vor.
Im *W50* wurden wir von Dorf zu Dorf gefahren,
weil wir da zu bestimmten Anlässen singen waren.

Ein Anlass sind die Wahlen gewesen.
Vom LKW-fahren brauchten wir übrigens nicht genesen.
Wir saßen da nicht einfach hinten auf,
sondern gemütlich im Aufbau obendrauf.
So holte man zum Beispiel Mitglieder der LPG
zur Arbeit und fuhr sie wieder nach Hause zurück.
Ist das nicht genial und ein großes Glück?

Ferner hatte jede Schulklasse einen Patenbe-
trieb.
Manch Schüler dort später sogar zur Ausbil-
dung blieb.
In meiner Klasse war das der Betriebszweig
Pflanzenproduktion.
Einige Mitarbeiter davon kannte ich schon.
Denn Tante Christa und Onkel Bernhard waren
darunter.
Nebenbei bemerkt: Tante Christa hätte auch
mal Grund zum Jammern gehabt, doch ich
kenne sie nur froh und munter.

Klavier spielte – nebenbei bemerkt – ihr Ehe-
mann.
Drum gingen wir bei Besuch oftmals von der
kleinen Stube nach nebenan.
Dort gleich neben der Tür der Flügel stand.
Das war den meisten bekannt.

Onkel Helmut setzte sich mit dem Akkordeon
dazu,
gemeinsam geträllert wurde dann im Nu.
Die Geselligkeit tat gut,
brachte Freude, Frohsinn und Lebensmut.

Von Feierlichkeiten wurden damals wie heute
Fotos gemacht.
Allerdings hat man sie auch auf Papier ge-
bracht.

Damit meine ich, wir haben sie in ein Album
geklebt.
Davon hat so manches lange überlebt.

Die ersten Fotos waren schwarz-weiß
und klar war das ins Album bringen, verbun-
den mit Fleiß.
Eine Zeit lang bestanden die Fotoalben aus
schwarzem Papier,
eine Bildbeschriftung mit weißem Stift dazu
eine Zier.

Uralte Fotografien besaßen einen gezackten
Rand,
der auch den Aufnahmen stand.
Und wenn wir Menschen von früher sehen,
können wir manches Mal nicht verstehen,
dass sie obgleich unseres Alters darauf viel
älter aussehen.

So ändern sich die Zeiten.
Ob die Menschen einstmals wussten, dass sie
irgendwann ein Farbfilm wird begleiten?
Der Michael hatte ihn jedoch vergessen,
davon sang Nina (Hagen) ganz besessen.

Apropos Papier –
hier ein weiterer Gedanke von mir:

Früher haben wir nachmittags nicht rumge-
döst,
sondern zum Beispiel Briefmarken abgelöst.
Von Postkarten oder Briefpapier
Nahm ich besondere Marken mir.

Dabei hatte ich großes Glück,
den von Brieffreunden und Verwandten erhiel-
ten wir Antwortschreiben aus Bulgarien, Eng-
land, der Tschechei und der Sowjetunion zurück.

Ich war nicht nur eine Briefmarkensammlerin,
nein, denn in einem hübschen Karton hatte ich,
von Mutti begonnen, viele Postkarten drin.
Deutlich weniger an der Zahl
maßen die Aufnäher als auch Wimpel an der
Wand und im Regal.

Die brachten wir als Andenken von Ausflügen
mit.
Als Gedächtnisstütze blieben so sämtliche Rei-
seerinnerungen fit.

Vielleicht fiel unser Blick darauf sonntags beim
Warten,
während wir Hitparade hörten und dabei auf
die Wand starten.

In der Hoffnung, einen Lieblingstitel zu ergattern,
denn der sollte später auf der Kassette „hoch und runter" rattern.

Wissen Sie noch, wie das war?
Wenn wir im Radio hörten unseren Star,
dann fix auf die Aufnahmetaste drückten
und später die Kassette mit schöner Schrift oder Aufklebern schmückten?

Wenn dann dummerweise
bereits vor Song-Ende der Moderator dazwischen sprach und das nicht mal leise.
Und wir trotz alledem waren so froh,
dass wir nun unser Lieblingslied hatten irgendwo.

Von irgendwo bekamen wir übrigens auch immer wieder leere Kassetten.
Lagen sie unterm Weihnachtsbaum, waren unsere Eltern die besonders netten,
die nicht wenig Geld hatten investiert,
damit das Kind ja nicht bei aktueller Musik den Anschluss verliert. (Zwinkern)
Unglaublich, wie wertvoll und wichtig man etwas empfinden kann,
doch unbespielte Kassetten zogen uns einfach in ihren Bann
und waren bespielt Unikate irgendwann.

Unikate hatte ein Dorf auch anderweitig zu bieten,
denn manche Namen aufgrund früherer Berufe zu einem neuen gerieten.

Ob Melder, Stellmacher oder Schmett,
das klingt doch alles ziemlich nett.
Wurde dann noch Mundart dazu getan,
sprach man eine Frau zum Beispiel unter dem Namen Stellmockersch Frieda an.

Hieß jemand Meier, Schulze oder Lehmann,
kam einfach ein Beiname vorne dran.
So wussten die Leute sofort, wer gemeint.
Das hat die Dorfgemeinschaft zusätzlich vereint.

Ruck zuck reimt es sich hier langhin.
Nun will ich Ihnen noch erzählen, was in unserem „Milchhaus" war drin.
Dort hing ein Netz am Haken an der Wand, worin sich zum Beispiel mein Lederball befand.
Weiterhin befand sich darin verborgen –
Ein Spiel- und Sportgerät, das vertreiben kann manche Sorgen.
Rucki Zucki meine ich –
Zugball heißt es an sich.
Ein roter Ball in Eierform – das machte Spaß, enorm!

Bitte um Erlaubnis

Meine Bitte um Ihre Erlaubnis:
Da ich Ihr Einverständnis an dieser Stelle nicht abwarten kann, erlaube ich mir, auf manch nachfolgenden Seiten zum Du überzugehen.

Glauben Sie mir, ich achte und schätze Sie als Person sehr. Dennoch liegt mir bei manchem Text am Herzen, wenn ich Sie von Mensch zu Mensch – eben von Herz zu Herz – ganz vertraut anreden darf.

Denn tief im Herzen sind wir doch alle gleich. Das Licht in unseren Herzen ist dasselbe.

Also nehmen Sie mir bitte nicht übel, wenn ich nachher das Siezen weglasse. Egal, wie alt Sie sind, ich achte und ehre Sie, so, wie Sie sind.

Dafür danke ich Ihnen!

Unser Weg

Woher wir kommen und wohin wir gehen –
später wird jeder auf seinen Weg zurücksehen.

Jeder hat sein eigenes Leben
und kann so viel an Erfahrung weitergeben.

Wir wachsen heran und werden groß,
fragen uns vielleicht manchmal: „Welchen Sinn
hat das ganze Leben bloß?".

Genau so viel Sinn, wie wir ihm geben,
es liegt an uns, was wir machen aus unserem
Leben.

Egal, was wir erlebt oder uns bestrebt.

Zu jeder Zeit können wir agieren,
neue Wege und Möglichkeiten ausprobieren.

Die Vergangenheit dürfen wir hinter uns lassen
und uns ein Herz für die Gegenwart als Zukunft fassen.

Für Vergangenes mögen wir Dankbarkeit spüren.

Ob gute oder schlechte Erfahrungen, sie werden uns führen.

Wir haben die Chance, aus allem etwas zu machen –
den schönen wie den vermeintlich schlechten Sachen.

Denn das Leben will uns lehren.
Es will uns aufzeigen, was wir wirklich begehren.

Da helfen Ausreden im Vorankommen nicht.
Stell Dich vor einen Spiegel und schau Dir ins Gesicht.

Sieh Dir in die Augen und sei auf Dich stolz.
Meinetwegen klopfe auch auf Holz,

Werde Dir bewusst, was Du schon alles gemeistert hast.
Denk nicht, Du hast irgendwas verpasst.

Alles im Leben hat seinen Sinn –
ja, auch mancher Neubeginn.

Ich kann verstehen, dass wir auf manches wollen verzichten,

doch dann hätten wir am Ende unseres Lebens beim Rapport vielleicht kaum von Erfolgen zu berichten.

Nun denkst Du womöglich: „Warum kann nicht alles schön und einfach sein?".
Doch vermutlich liebes Menschenkindelein ...

machen wir es uns manchmal schwerer als es ist,
weil Du – wie auch ich – voller Erwartungen bist.

Weil wir hin und wieder später erst erkennen, dass wir „falschen" Idolen und Zielen hinterherrennen.

Außerdem dürfen wir vertrauen,
dass uns irgendwelche Kräfte immer unterstützen und aufbauen.

Auch, dass das Leben es gut mit uns meint, selbst, wenn es manchmal nicht so scheint.

Glaube an Dich und Dein Potential.
Du bist im wahrsten Sinne wundervoll und genial!

Trau Dich ganz Du selbst zu sein.
Lebe nicht irgendeinen Schein.

Lausche Deiner inneren Stimme und Deinem Herzen.
Und tatsächlich brauchen wir zum Lernen von Zeit zu Zeit Schmerzen.

Sind wir doch mal ehrlich.
Manchmal muss es erst weh tun oder nich'?

Weil wir dann endlich etwas verändern oder tun,
statt uns unzufrieden oder jammernd auf den Lorbeeren auszuruh'n.

An Herausforderungen können wir wachsen.
Echt, ich mache keine Faxen.

An den Kindern ist es zu sehen,
während sie herkömmliche Krankheiten durchstehen,
machen sie einen Entwicklungsschub,
egal ob Mädchen oder Bub.

Bei uns Erwachsenen ist es ebenso,
drum vertraue dem Leben, sei heiter und froh.

Ich wünsche Dir für jeden neuen Tag das Allerbeste,
liebe die Arbeit genauso wie Feste.

Lade Harmonie und Freude in Dein Leben ein,
denn Du sollst immer zufrieden und glücklich
sein!

Lasst uns dankbar sein für das Leben,
für all das, was unsere Vorfahren uns mit auf
den Weg gegeben,

für all die Dinge, die sie gemeistert und er-
schaffen haben,
an denen wir uns heute womöglich erlaben.

Lasst uns ihnen unsere Wertschätzung entge-
genbringen,
schaut zurück, was ihnen gelungen –
so können auch unsere Herausforderungen
gelingen.

Jede Zeit birgt ihre Themen und Aufgaben in
sich,
doch nochmal zur Erinnerung, ob wir es hören
wollen oder nich(t),
Entwicklung funktioniert, wenn wir in der
Schule des Lebens unsere Prüfungen und Aufgaben meistern.
Das hat nichts zu tun mit bösen Geistern.

Ganz im Gegenteil und seid Euch klar,
Eure Schutzengel und anderen himmlischen
Helfer sind immer für Euch da!

Vielleicht denkt mancher jetzt: „Was für ein Quatsch!
Das hat zudem so einen esoterischen Tatsch."

Doch wir können unsere Vorfahren fragen,
in Notsituationen und an vermeintlich aussichtslosen Tagen,
bitten oder flehen wir „den Himmel" an,
ob uns nicht irgendwer helfen kann.

Und glaubt mir, wir sind wirklich nicht allein!
Es gibt da eine Kraft, die wird immer bei uns sein!

Sie ist da – bei Tag und bei Nacht.
Und wer hätte das gedacht,
sie führt und gibt uns Kraft,
mit ihr haben wir schon so manches geschafft.

Wir können sie fühlen, wenn wir aufmerksam sind,
wenn wir der Welt lauschen, so wie ein Kind.

Indem all unsere Sinneskanäle sind hoffen,
können wir auf die Wunder des Lebens hoffen.

Ich glaube, als Wunder nehmen wir sie dann wahr,
weil zuvor unsere Vorstellungskraft für die Magie des Lebens allzu gering war.

Das Dorfkind sagt Danke

An dieser Stelle möchte ich nochmals Danke sagen! Es wollen schon wieder Reime über meine Zunge. Doch ich versuche es mal so. ☺

Es gibt so vieles, wofür ich dankbar bin! Begonnen damit, dass ich auf dem Dorf und zu jener Zeit aufwachsen durfte.

Ich habe erlebt, wie schön es ist, wenn die Familie ihre Mahlzeiten gemeinsam einnehmen kann. Dass es toll ist, mit Oma und Opa unter einem Dach zu wohnen.

Es ist unglaublich, was ich allein vom Zusehen und Beobachten lernen und abgucken konnte. Was uns vorgelebt wird, prägt eben.

Dazu zählen das Kochen und Backen, Ordnung halten, Gartenarbeit. Ich konnte begreifen, welche Tätigkeiten den Alltag in Haus, Hof und Garten ausmachen. Absichtlich habe ich nicht das Wort bestimmen benutzt.

Denn dazu haben wir das Recht: zu bestimmen und einzuteilen, wann wir was tun. Natürlich geben die Jahreszeiten und Begebenheiten Aufgaben oder Herausforderungen vor.

Doch wir können jederzeit entscheiden, wie wir damit umgehen.

Wofür bin ich ebenfalls dankbar? Erlebt zu haben, was Gemeinschaft innerhalb des Dorfes bedeutet. Es ist ein schönes Gefühl, wenn man sich kennt, füreinander da ist, nacheinander schaut.

Diese Gemeinschaft gilt ebenso für Dörfer untereinander. Durch die Arbeit, Schule und Verwandte kennt man sich.

Braucht man Hilfe, weiß jeder, wo er fragen kann. Während ich das schreibe, ist in meinem Hinterkopf der Gedanke an Indianerstämme. Bei ihnen sagt man zum Beispiel, dass eine Großmutter Großmütter für alle Kinder dieser Gemeinschaft ist.

Ein Stück weit ist es in meiner Kindheit gewesen. Alle Erwachsenen haben irgendwie an unserer Erziehung mitgewirkt. Uns wurde vermittelt, wie wir uns innerhalb der Gesellschaft zu „benehmen" hatten.

Alles braucht seine Ordnung. Egal, ob es sich dabei um das Familiensystem oder das eines Dorfes, der Schulklasse oder Kindergartengruppe handelt.

Eine gesunde Ordnung ist die Basis für ein gutes Miteinander.

Vom Miteinander komme ich zur dörflichen Freiheit, die ich liebte. Ich glaube, diese Freiheit begann bereits in Haus und Hof. Da war genug Platz zum Austoben oder zurückziehen. Es existierten viele Winkel und Flecken zum Spielen und die Welt entdecken.

Wir waren im ganzen Dorf unterwegs. Früher gab es keinen Ärger, wenn wir auf dem Bürgersteig Fahrrad fuhren.

Da hatten wir auch mehr Sicherheit. Und einen Fußgänger überholten wir notfalls, indem wir auf den Rasen auswichen.

Ich bin auch dankbar, für selbstgekochtes Essen sowie unsere wunderbare Schulspeisung. Wie im ersten Buch unter dem Kapitel „Gelobte Schulspeisung" beschrieben, wurde dort täglich vor Ort und frisch gekocht.

Trotz acht Wochen Ferien im Sommer und drei im Winter, haben wir in der Schule was gelernt. Ich wage zu behaupten, dass auch die sogenannten Kopfnoten auf dem Zeugnis bei uns keinen Schaden hinterließen.

Erinnern Sie sich an Betragen, Ordnung, Fleiß und Mitarbeit? Beim Lesen einer Bewerbung interessierten manchen Betriebschef als allererstes genau diese Zensuren.

Unsere Eltern als auch Großeltern waren damals bedeutend weniger Stress bezogen auf den Transport von uns Kindern ausgesetzt.

Zur Schule und Arbeitsgemeinschaft konnten wir den Bus nutzen. Selbst als Kindergartenkinder wurden wir eingesammelt und wieder nach Hause gebracht.

Entschuldigen Sie, wenn ich in Ihren Augen manches unerwähnt ließ. Das waren Beispiele.

Für vieles andere mehr bin ich dankbar!

Alles hat ein Ende ...

Das dritte Buch meiner Erinnerungen geht nun zu Ende...
Ich ging in die Schule zirka bis zur Wende.
Mein Zeugnis bekam ich nach Abschluss der zehnten Klasse 1990 in die Hände.
Dann begann mein Fachschulstudium und sozusagen ein neues Leben.
Dafür haben mir meine Prägungen in Kindheit und Jugend eine Menge mit auf den Weg gegeben.
An dieser Stelle möchte ich zum wiederholten Male sagen,
dass ich für meine Kindheit und Jugend auf dem Dorf dankbar bin an allen Tagen.
Ruhe, Freiheit, frische Luft,
wenn auch manchmal Kuhstall-Duft ...
Felder, Wiesen und Wald –
die Natur in ihrer wandelnden Gestalt.
Garten, Hof und Haus –
Beschäftigung ging nie aus.
Von Langeweile keine Spur –
Ich kann heut' noch nicht verstehen, wie man die haben kann nur.
Sonntags wurde Sonntag gemacht
und manchmal gemeinsam mit Besuch gelacht.
Blieben die Gäste nicht nur zum Kaffee trinken,

gab es zum Abendessen gekochte Eier sowie Schnittchen mit Bratwurst und Schinken.

Behütet und in Frieden wuchs ich auf.

So nahm mein Leben seinen Lauf.

Nun habe ich in drei Büchlein meine Erinnerungen geschrieben,

vermutlich sind trotzdem welche außen vor geblieben.

Doch eine Menge konnten Sie lesen:

vom Konsum und des Gastwirts Tresen,

von Exquisit und Intershop

als auch dem Urlaubsfahrt-Picknick am Raststätten-Stopp.

Des Weiteren haben es Bananen, Wadenwickel und Sauerkirschsaft

neben Klemmkuchen und Eierplinsen in die Bücher geschafft.

Von Röststulle und Knabberkuchen,

Medizin nach Noten und Schwimmversuchen,

über die Gemeindeschwester und Ansteckblumen vom DFD,

Konsummarken kleben und Teppich klopfen im Schnee.

Mir sind so viele Dinge in den Sinn gekommen,

selbst die Mundart meiner Großeltern nicht ausgenommen.

Wenn Sie daran interessiert sind, belassen Sie es nicht nur bei Band drei,

sondern lesen Sie gern auch Buch eins und zwei.

Vielleicht hören Sie vorab bei YouTube hinein, da werden ein paar Kapitel zu hören sein.

Mein YouTube-Kanal

Auch in meinem Alter (Zwinkern) möchte ich „modern " sein. ☺ Wenn man selbstständig ist, führt fast kein Weg an *Social Media* vorbei. *Social Media* bedeutet, sich über digitale Medien miteinander zu vernetzen.

Bei dem Wort vernetzen muss ich gleich an das gute alte DDR-Einkaufsnetz denken. Sie erinnern sich? Bestimmt! Ich war sehr glücklich, als ich solch ein Netz für meinen Puppenwagen bekam.. ☺

Zurück zu *Social Media*, wozu Facebook, Instagram, Twitter und zum Beispiel YouTube gehören.

Über folgenden Link gelangen Sie zu meinem YouTube-Kanal „Erinnerungen eines Dorfkindes "
https://www.youtube.com/channel/UCd3VNhmXl
bXVG9P_Xa7KOKA/videos

Und hier finden Sie Videos mit kurzen Meditationen, Trainingseinheiten und mehr von mir:
https://www.youtube.com/channel/UCEJTR2LyoR
fdOG8oWbkgk9A

Was ich heute so tue

Deine Energie laden

in meinem Energieladen:

Lang hab ich überlegt, wie ich es sage
und immer wieder stellte ich mir die Frage:
Wie bring ich rüber, was ich so alles mache –
Letztendlich geht es stets um die eine Sache:

Euch beim Meistern der Herausforderungen des
Lebens unterstützen,

wobei Energie, Elan & Freude Euch nützen.

Was ich tue:

Ich stärke Eure persönliche Kraft & Energie und
sorge gleichzeitig für Entspannung & mehr in-
nere Ruhe.
Wenn wir zusammenarbeiten, kann Dein
Selbstbewusstsein wachsen – so auch Dein
Selbstvertrauen –
Du kannst Klarheit, innere Stärke & Mut auf-
bauen.
Wie oft ist ein Fünkchen Mut im Leben gefragt,
zum Beispiel, wenn Du wieder mal „Ja" statt
„Nein" hast gesagt!

Auch wenn es um das Treffen von Entscheidun-
gen geht,
ist es manchmal wie verflixt und zugenäht.

Wir wollen etwas verändern, doch drehen uns
im Kreis
und machen uns häufig unnötig heiß!
Ich kann Dich unterstützen klarer zu sehen,
Zusammenhänge zu erkennen und Deinen eige-
nen Weg zu gehen!
Zu schade wäre es um Dein wahres Potential,
denn Du bist einzigartig und auf Deine Art geni-
al!
Habe den Mut und lass Dich drauf ein –
voller Energie, ganz Du selbst und wundervoll
zu sein.

Du fragst Dich vielleicht, wie soll das gehen?

Nun erfährst Du, welche Möglichkeiten uns da-
für Verfügung stehen.
In der Physiotherapie
kümmere ich mich um Verspannungen, Schmer-
zen und blockierte Energie.
Methoden wie zum Beispiel Tuina,
Akupunktmassage und Manuelle Therapie
sorgen für Entspannung, Schmerzlinderung und
spürbar mehr Energie.

Einmal im Monat ist Meditation –

gern erstelle ich Dir Deine ganz persönliche –
das wusstest Du vielleicht schon.
Auch wenn ich keine Sportgruppen mehr anleite,
ich Dir gern ein individuelles Übungsprogramm
bereite.

Glaubenssätze und Lebensmuster können Dein
Vorankommen erschweren,
dies zu erkennen beziehungsweise aufzudecken,
kann Dich ein Coaching lehren.

Gern nutze ich das Familienbrett und Möglich-
keiten der Aufstellungsarbeit –

das ist jedes Mal aufs Neue beeindruckend heil-
sam und Erkenntnis bringende Zeit!

Die Dinge, die unsere Lebenskraft einschränken,
mögen vielschichtig sein.

Zum Lösen setze ich ebenso schamanische Heil-
methoden ein.

Kein Hokuspokus, sondern uraltes Wissen – ur-
sprüngliche Medizin –
die auch zum Aufspüren und Heilen von Trau-
mata, feststeckender oder abhanden gekomme-
ner Energie dien'n.

All das, was Dich umgibt, wirkt auf Dich ein,
so kann des Weiteren eine sogenannte Wohn-
raumentstörung notwendig sein.
Unser Energiesystem regelmäßig zu reinigen, ist
generell empfehlenswert –
so wie Zähneputzen, duschen, Auto
und Wohnung putzen zum Alltag gehört.

Wenn dann Dein Energiesystem geklärt strahlt,
sich obendrauf ein Farbtyp-Coaching auszahlt.
Denn sobald Du Deine Farben trägst,
Du Dich bedeutend selbstbewusster durchs Le-
ben bewegst.
Tatsächlich erhält Dein Erscheinungsbild viel
mehr Kraft,
was eine verstärkte Wahrnehmung Deiner Per-
sönlichkeit (er)schafft!

Außerdem kannst Du Dich in meiner ´Kleinen
Lebensschule` inspirieren lassen
und auf die Magie des Lebens einlassen.
Unerwähnt sollen nicht mein TEDDY-Konzept
und die FEEN-Tage sein
und vielleicht wirfst Du auch mal einen Blick in
meine Bücher hinein.

Falls Dich meine Angebote interessieren,
lass uns einfach telefonieren.

Du kannst auch eine E-Mail oder WhatsApp – Nachricht schreiben,
so können wir gut in Kontakt bleiben.
Gemeinsam besprechen wir dann,
wie ich Dir am besten helfen kann.

Andrea Kilz
Ganzheitliches Coaching + Physiotherapie
Freiherr-vom-Stein
Str.2
04895 Falkenberg

Tel.: 0152 59727991
Email: ak-coaching@mail.de

Im Internet:
www.andreakilz.de
www.teddy-konzept.de
www.andreakilz-coaching.de
www.erinnerungen-eines-dorfkindes.de

Ein Poesie-Album für Erwachsene

Während ich das Buch „Ein Dorfkind in der DDR erinnert sich weiter" schrieb, kam mir das gute alte Poesiealbum in den Sinn.

So widmete ich dem Poesiealbum ein eigenes Kapitel. Wenn ich daraus bei meinen Lesungen vortrage, bereitet es allen stets große Freude.

Freude ist eine wunderbare Emotion. Sie ist eine süße wohltuende Medizin. Freude ist die Emotion des Herzens. Ihre Wirkung ist vergleichbar mit der von Liebe.

Im Dankbarsein, Freude empfinden, sich seiner Fähigkeiten und Erfolge bewusstwerden, liegt eine großartige Kraft!

Bereits vor Jahren habe ich „*Ein Tagebuch für Erwachsene – Ihr Schlüssel zu Lebensfreude, Zufriedenheit & Glück*" herausgebracht.

Mit diesen Zeilen beginnt das Vorwort des Büchleins mit dem Titel „*Du bist brillant. Das etwas andere Poesie-Album für Erwachsene*".

Weiter heißt es darin: In das Tagebuch schreibst Du selbst. In dieses Büchlein hier, mögen Deine Mitmenschen für Dich hineinschreiben.

Wie oft sehen wir gar nicht, was uns ausmacht. Wir sind uns nicht bewusst, mit welchen Gaben und Talenten wir die Welt bereichern.

Vielleicht sehen wir unsere Fähigkeiten einfach als normal und nichts Besonderes.

Doch jeder Mensch ist etwas Besonderes:

Du bist etwas Besonderes!
Du bist einzigartig, wunderbar & schön –
so, wie Du bist!

Damit Du Dich daran erinnerst und niemals vergisst, was für ein Goldstück Du bist, existiert dieses Büchlein hier.

Schau und lies immer wieder, was andere über Dich sagen/schreiben. Wie andere Dich sehen. Was andere in Dir sehen. Welche persönlichen Qualitäten und Stärken sie an Dir wahrnehmen.

Weißt Du, welche Nebenwirkung das hat? Es tut Deinem Selbstbewusstsein gut und fördert Dein Selbstvertrauen!

Erlaube Dir, Deine Großartigkeit zu sehen. Gib Dir die Erlaubnis, Deine wundervolle Einzigartigkeit zu erkennen.

Habe den Mut, Dein gesamtes Potential in die Welt zu bringen. Es zu entfalten und die Welt mit Deinem Dasein schöner zu machen.

Danke, dass Du da bist!

Wie schön, dass Du geboren bist … !

Liebe Freunde, Freundinnen, Verwandte, Bekannte, Kolleginnen, Nachbarinnen, Lebenspartner, Hobby-Mitstreiterinnen, Gleichgesinnte, all die, die dieses Büchlein bereichern,

Ihr dürft kreativ sein. Statt etwas hinein zu schreiben, malt Ihr vielleicht lieber. Ihr könnt auch Bilder oder Fotos hinein kleben.

Wenn Ihr gern dichtet, dann reimt doch. Oder schreibt für die Besitzerin oder den Besitzer des Buches ein Lied.

Auch Ihr dürft mit Eurer Einzigartigkeit und Euren Talenten dieses Büchlein zu etwas Besonderem werden lassen.

Ich danke Euch vorab, wenn Ihr Euch hier einbringt. Außerdem tut Ihr Euch selbst ebenfalls Gutes damit.

Denn wie Ihr beim Gestalten Freude empfindet, wirkt die Freude in Euch.

Vielleicht wird Euch bewusst, wie dankbar Ihr dafür seid, dass es die Person, der das Büchlein gehört, gibt. Dieses Gefühl der Dankbarkeit hinterlässt ebenso positive Spuren in Euch.

Und wenn Ihr mit Eurem Eintrag fertig seid, dürft Ihr stolz und Euch bewusst sein, dass Euch wieder etwas gelungen ist. Dass Ihr jemandem Freude bereitet und Gutes tut.

Indem Ihr jemanden unterstützt, die Stärke seiner Persönlichkeit zu entwickeln, fördert Ihr auch die eigene. Ihr tut Euch, anderen und der Welt etwas Gutes.

Dafür danke ich Euch von Herzen!

Kennst Du das?

Du vergleichst Dich häufig mit anderen.
Du bist der Meinung, die anderen sind besser als Du.
Du glaubst, nicht besonders wertvoll zu sein.
Von Zeit zu Zeit zweifelst Du sogar komplett an Dir.

Lass Dir sagen:
Du bist brillant! Einzigartig, wundervoll und schön!

Und in diesem Büchlein wirst Du lesen können, wie wunderbar Dich Deine Mitmenschen finden. Du wirst erfahren, was sie an Dir schätzen und wofür sie Dich bewundern.

Du darfst erkennen, dass auch Du mit Deinem Dasein die Welt viel schöner machst und sie wertvoll bereicherst.

Damit Du Dich daran erinnerst und niemals vergisst, was für ein Goldstück Du bist, existiert dieses Büchlein hier.

Du bist brillant
Das etwas andere Poesie-Album für Erwachsene

ISBN: 9783752662825

weitere Veröffentlichungen
von Andrea Kilz:

*Alle Bücher können Sie im Buchhandel vor Ort als
auch online bestellen: www.bod.de/buchshop/*

oder direkt bei Andrea Kilz kaufen

(Band I der Erinnerungen:)
<u>Erinnerungen eines Dorfkindes
in der DDR</u>

Längst vergessene Episoden wie: Einen Fuß-
ball verschlucken ist nicht schwer

ISBN: 9783748151494

(Band II der Erinnerungen:)
<u>Ein Dorfkind aus der DDR erinnert sich weiter</u>

Wie mich mein Schwimmring
fast das Leben kostete

ISBN: 9783738608151

Lächelnd voller Energie mit TEDDY

Ein Buch für Groß und Klein
auf dem Weg zum Glücklichsein

Märchenhaft beginnt Andrea Kilz von der Reise eines Teddys zu erzählen, auf der er seine Herz-Dame trifft. Angekommen im neuen Zuhause, berichtet er auf eine liebenswerte Art von seinem Alltag und all dem, was er dort über das Leben lernt.
Darüber, wie wir Menschen glücklich und bei guter Kraft leben können.

- Rezepte + Übungsanleitungen für Körper, Geist & Seele
- Weisheiten + Zitate
- Wissen aus der Traditionellen Chinesischen + Modernen Medizin
- Fotos, die große und kleine Herzen berühren

Teddy brachte die Idee für Andrea Kilz' TEDDY-Konzept, mit dem auch Sie für mehr Energie, Gesundheit & Wohlbefinden sorgen können. Finden Sie Entspannung und inneren Frieden, um Ihr volles Potential zu entfalten: www.teddy-konzept.de

ISBN: 9783748199465

Ein Tagebuch für Erwachsene

Ihr Schlüssel zu Lebensfreude,
Zufriedenheit & Glück

Sie finden in diesem Buch für jeden einzelnen Tag im Jahr eine Seite.
Indem Sie hineinschreiben, wofür Sie dankbar sind, was Ihnen gelungen ist und Freude bereitet hat, richten Sie Ihre Konzentration vermehrt auf die positiven Dinge in Ihrem Leben.
Damit schaffen Sie die Basis für Zufriedenheit, Lebensfreude und Glück.
Das Gesetz der Anziehung sorgt dafür, dass Sie das in Ihr Leben ziehen, worauf Sie sich konzentrieren - seien es nun positive oder negative Dinge.

*Ihr **Bonus** in diesem Buch sind **12 sofort umsetzbare Tipps für mehr Energie**:*
Sie erfahren, wie Sie Ihre Lebensgeister mobilisieren, Kraft schöpfen und zu mehr Elan gelangen können.

ISBN: 9783748150954

Alles Gute & bleiben Sie gesund!

Andrea Kilz, im November 2020